U0132986

雅克的历险

YAKEDELIXIAN

铂　淳著

作家出版社

目　录

一、笼子里的外星人

　　战争爆发了。虽然那么多的人厌恶战争，担心战争的到来，但战争还是来了，人们无奈之后还是得想办法活下去。

　　人们太喜欢滥用大自然赋予自己的权力了，并且对这种权力的追求竟永无止境。公元 19 世纪，人们发明了电，从此水资源被利用起来。公元 19 世纪，人们发明了汽车，从此，石油、天燃气资源被利用起来。公元 20 世纪，人们发明了航天事业，氢氧资源被利用起来。公元 20 世纪，人们发明了核能，核能被滥用起来。公元 20 世纪，人们发明了等离子体引擎，水银等低温汽化的金属被利用起来。人们疯狂地攫取大自然的资源，却从来不懂得珍惜。人们可利用的资源越来越短缺，但奇怪的是，人们取之不尽、用之不竭的太阳能，却始终没能利用好。

　　公元 3305 年，地球上的许多地方几乎同时爆发了战

雅克的历险

争。谁都知道为了争夺可怜的自然资源，战争迟早会爆发，但是战争一旦来了，人们还是不知道该如何去面对。

这是 S 国的一个大城市 K 市，到处都是高高耸立的摩天大楼。在林次大街 23 号楼顶的阳台上，一个小男孩斜靠在阳台门边的墙壁上，瞪着一双圆圆的眼睛，正望着天空愣愣的发呆。

"雅克，快点下来，要吃饭了！"一个中年妇女的声音从下面传来。

"好的，妈妈。"叫雅克的男孩子回头看了看，转身跑进了门里。

这个叫雅克的男孩子来到自己家的餐厅里，餐桌旁有位妇女和一个中年男子已经在等他了。

"翠丝，今天又是土豆汤？难道就没有一点肉吗？"中年男子问。

那个叫翠丝的女人说："对不起，贝克，战时状态，人们能吃饱就不错了。"

那个被称做贝克的男人对翠丝说："今天你怎么自己做饭了？难道你给家用机器人放假了？"

翠丝说："你说对了，我是给它放长假了。战时动员不是说，现在是战争的非常时期，我们要节省能源嘛。"

贝克再没有说话，他摇了摇头，长叹了口气。

雅克感到自己饿极了，他坐在自己的座位上，一边大口地喝着汤，一边连连地说："妈妈做的土豆汤，真是好喝极了。"

翠丝慈爱地看着儿子说："慢点，别烫着，锅里还有。"

雅克点着头说："真是太好喝了。"

吃完饭，雅克去上学了。

雅克喜欢冒险，但是，34 世纪的地球实在没有值得冒险的地方。地球的各个角落早就被人们踏遍了，连一般人最不可能到达的地方都被开发成了旅游项目，什么喜马拉雅山上的珠穆朗玛峰峰顶了，什么百慕大的海底了，什么南极、北极了。甚至就连地球最深处，马里亚纳海沟，都成了人们热衷的旅游胜地。总而言之，20 世纪人们去不了的地方，在这数百年内，人们都走遍了。然而，文明的发达是伴随着资源的攫取而到来的，文明并不能阻止战争，尤其是资源严重短缺之后。现在，任何人都明白，只要自己占有资源，就可以维持自己的文明的发展；为了这个目的，大家都毫不心痛地把其他文明踩在脚下。

雅克上了每天例行要乘坐的超导机车。由于石油的短缺，更由于战争的状态，政府提倡人们乘公交车，人们也无法用私车。所以，雅克每天都是这样上学的。

不知为什么，雅克明显地感觉今天与往日有些不同。可他却说不出为什么。

雅克到了学校，他的同学汉密尔顿走上来，神秘地对雅克说："雅克，出事了，你知道吗？"

雅克一愣，吃惊地问："出了什么事？"

汉密尔顿说："我们的学校发现了怪物。"

雅克说："什么怪物？"

汉密尔顿小声说："一个外星人。"

雅克瞪大了眼睛说："什么，一个外星人？"

汉密尔顿认真地点点头说："是的，我带你去看，他已经被捉住了。"

雅克很难相信这是真的，但他还是随着汉密尔顿走了。

雅克跟着汉密尔顿钻进窗子，来到了学校的卫生课实验室。雅克看见里面果真有一个大铁笼子，笼子里真的关了一个人。雅克远远地看着他，眨着眼睛想：好奇怪呀，这真的会是外星飞来的吗？外星人就是这个样子吗？不会是什么人装扮的吧？虽然看起来他跟地球人没有什么明显的不同，可他的皮肤为什么会是金色的？再说，让人最不可思议的是，他怎么会有一对翅膀呢？

汉密尔顿看着他奇怪的眼神说："怎么样，我没骗你吧？"

雅克摇了摇头，疑惑地说："可他怎么会来到地球呢？难道他是靠着翅膀飞来的？这绝对不可能。"

汉密尔顿说："我可没说他是自己飞来的。"

雅克说："那他是怎么来的？"

汉密尔顿说："当然是乘着飞行器飞来的了。他的飞行器被移动到了别的地方，学校已经派人通知当局去了。"

雅克点了点头，原来是这样。他看了一眼周围，这儿好静呀，除了自己和汉密尔顿没有其他的人。

雅克奇怪地问："为什么没有别的人来呢？难道大家都不好奇吗？"

汉密尔顿说："这个楼已经被封锁了，你没看到我带你是钻窗子进来的吗？"

雅克心想：如果这样，这个关在笼子里的人，真的是个外星人了。想着，他不由得仔细地观察起眼前的外星人来。但他又奇怪了，外星人也应当是分男女的，可是他看不出这个外星人是男是女。

外星人也在看雅克，他的眼睛里露出企求的神色。他的神情使雅克的心颤动了，雅克很同情这个失去了自由的外星人。

汉密尔顿看着和外星人对视的雅克问："他怎么了？"

雅克说："我想，他大概是口渴了。"

汉密尔顿说："是吗？难道你懂他的语言？"

雅克说："怎么会呢？我也是猜想。汉密尔顿，你弄点水来好吗？"

汉密尔顿说："好的。"说着，走掉了。

雅克内心突然涌动出了一个想法，为什么不让自己枯燥乏味的生活多点色彩，救出这个可怜的外星人呢！

说干就干，雅克从实验室拿出实验用的万能机械手，眨眼的工夫就把笼子的铁条弄断了。雅克向外星人招了招手，外星人高兴极了，立刻从笼子里跳出来。

外星人舒展了一下筋骨，振动了一下自己的翅膀，他叽叽咕咕地说着什么。雅克虽然听不懂他说什么，但看他的表情，雅克知道他一定在感谢自己。

雅克说："你不要谢我，赶快离开这儿吧！"外星人点点头，竟然真的飞起来了。

雅克惊讶外星人竟听懂了自己的语言，他看着飞起来的外星人大叫道："带上我吧！"

外星人点点头，他推开了窗户，让雅克伏在自己的背上，展开翅膀向天空飞去。

雅克好激动，他俯瞰着脚下的大地，心想：外星人不就和人们所说的天使一样吗？他们那样和蔼，还长了一双翅膀，自己太幸运了，竟会遇到他。听说，向天使许愿，一切愿望都可以实现，如果对这个像天使一样的外星人许愿，没准儿自己的愿望也会实现的。尽管这已经是地球的34世纪，人类的足迹也已经踏上了火星，可依然没有人见过天使的样子。但现在，雅克还是希望真的有天使，希望自己的愿望能实现。雅克最大的愿望，是希望家人能有丰盛的食物，自己能成为名人。但雅克最最希望的，还是地球上立刻停止战争。

雅克很喜欢圣经上所说的事情。比如：摩西带领以色列人渡过红海时，摩西让红海的水向两边分开，以色列人终于逃脱了埃及人的追赶。以色列人能死里逃生，真是个奇迹，但这个奇迹是摩西创造的。如果不是摩西让海水分开了，以色列人在埃及人的追赶下，怎么会渡过红海的呢？以色列人绝不会早就有了先见之明，花了数年的时间造船，等待逃跑吧？或者，在古代，红海曾是一个湖，摩西他们绕着湖岸走了？但埃及人也可以绕着湖岸追赶呀。雅克被这个奇迹所感动，多希望自己身上也能有什么奇迹发生。而今天雅克真的遇上了奇迹，他竟然看见了长着翅膀的外星人，还被外星人带上天空，这不是个更奇妙的奇迹吗？

雅克大声对外星人，哦，不，不是外星人，是一个长了翅膀的天使说："我非常高兴认识了你，亲爱的天使。"

外星人叽叽咕咕地说着什么。

雅克说："你说什么？是高兴我叫你天使吗？"

外星人叽叽咕咕地说着，并点着头。

雅克说："太可惜了，我不懂你的语言，如果我能懂你的语言该有多好。"

外星人叽叽咕咕地说着，并连连地点头。

雅克说："你说什么？是谢我吗？"

外星人高兴了，依旧叽叽咕咕地说着，依旧连连点头。

雅克说："不用谢，我们是朋友。"

外星人带着雅克飞呀飞呀，他们飞到了一个海岛上。这是 S 国西海岸一个不很大的岛屿，原本岛上只有动植物，被开辟成了旅游的地方以后，所有的飞禽走兽就都看不见了。天使带着雅克在一片草地上停了下来。

天使突然又发出了奇怪的声音，雅克想：他又在说什

么呢？

　　这时，一个旅游中的光头游客迎面走了过来，他对着天使哈哈大笑，并说："你是去参加化装舞会吗？你的打扮像极了天使。"

　　天使也笑着，对游客指着自己的翅膀，叽叽咕咕地说了什么。

　　游客不知道是否听懂了天使的话，他笑着离开了。

　　雅克非常想知道外星人是从什么地方来的，他想起了研究外星人的科学家曾经有过这样的假设：天文方面的知识可能是所有智慧生物的共同财富，如果让外星人看我们的太阳系的展示图，也许就能知道他们所处的方位了。

　　雅克在地上画了太阳系的星图，指着地球的方位对天使说："这是我们居住的地方，你认识吗？"

　　天使一直聚精会神地看着，见雅克问他，就叽叽咕咕地说了什么。

　　雅克指着地球说："这，是我的家园。"

　　天使发出了"家园"的声音，沉思了起来。

　　雅克说："家，我的家，我们地球人的家。"

　　天使皱着眉生硬地说："家，我的家？"

　　雅克忽然灵机一动，想：自己的叔叔是一个语言学家，应该让他跟天使沟通一下。

　　雅克对天使说："天使，你能把我带回你来的那个城市吗？"

天使叽叽咕咕地说了什么。

雅克费力地边打着手势，边说："我们，来自这，你、我，再回去。"

天使不知听懂了没有，又叽叽咕咕地说了什么。

雅克叹口气，看来自己是没法跟天使沟通的，中午快到了，自己应该和天使吃点什么。

雅克摸了一下自己的裤兜，掏出了并不多的钱币，他数了数，心想总可以够吃一顿午饭吧。

雅克和天使来到了岛上的餐馆，走了进去。雅克想：如果有人问就说是参加化装舞会的吧，反正得让别人相信天使是地球人。

由于战争的原因，餐馆的生意很萧条，食物也单调，只有寥寥可数的几个度假的人。还好，并没有谁注意他们。雅克看了一下菜价，自己的钱只够买土豆汤的。

于是，雅克叫了两份土豆汤，和天使面对面地坐了下来。

雅克指了指土豆汤，说："这个，我们吃。"说着，打着往嘴里送的手势，用勺舀起土豆汤，喝了下去。

天使看见了，也学着雅克的样子，把土豆汤喝了下去。刚喝下去，天使就发出了奇怪的声音，他一口气把剩下的土豆汤都喝光了。

天使喝土豆汤的样子，引起了餐厅里一位大女孩的注意，她走了过来，对着天使说："想不到现在还是有你这样

的素食主义者，你的装扮棒极了，翅膀还会动，可是岛上没有化装舞会呀？"

天使叽叽咕咕地对那位大女孩说了什么。

那位大女孩皱皱眉，说："奇怪，原来你会说古拉丁语。"

"什么！"雅克惊讶地大叫起来，"古拉丁语！他会说地球上的语言？"

那位大女孩说："什么地球上的语言，难道他是外星人吗？"

雅克吓得脸色都变了，他想否认天使是外星人。可是天使好像并不在意，他还在若无其事地扇动着翅膀说着什么。

那位大女孩仔细地观察着天使，她疑惑地问雅克说："他没有眼睑，又有一对翅膀，他到底是谁？"

雅克没有办法撒谎，只好点点头，小声说："他是外星人。"

那位大女孩惊讶极了，她弯下腰对雅克小声说："你的话引起了我的兴趣，难道他真是外星人？他是怎么来的？你们又是怎么认识的？"

雅克说："如果我告诉了你，你会替我们保密吗？"

那位大女孩说："我会的，一定会的。我保证。"

雅克说："好吧，那我先问你两个问题。你叫什么名字？又怎么懂天使的语言呢？"

那位大女孩说："就叫我史翠珊好了。我是反战主义者，学过古拉丁语，就是你说的天使的语言。你的提问我回答完了，快告诉我，你既然不懂古拉丁语，怎么又会跟他在一起的？"

雅克说："我也是刚认识他的，我认为他是一个天使。"

史翠珊说："天使？你是这样叫他吗？"

雅克说："是的。"

史翠珊笑了，说："太有趣了，一个说古拉丁语的天使。好的，我们就叫他天使好了。可是，据科学家们的研究，在银河系数万光年内没有其他生物的存在。你说，天使又是在哪里生存的呢？"

雅克说："天使住在我们看不见的地方。"

史翠珊笑了，说："既然是我们看不见的地方，难道他是靠自己的翅膀飞来的吗？"

雅克说："不，他不是飞来的，他的飞船被关在我们的学校里了，我们是在那里发现他的。"

史翠珊笑了，说："我还以为我们的天使，真是靠一对翅膀飞越银河系的呢。"

雅克说："怎么会呢，真空中又没有空气，他是没法飞来的。"

史翠珊说："刚才你说是你们发现的，难道还有别人知道这件事吗？"

雅克说："是的，天使被关起来了，他的飞船也不知被

弄到什么地方去了。我们是从很远的地方逃出来的。"

史翠珊沉思了一下，脸上的表情立刻严肃了起来，她对天使叽叽咕咕地说了几句。天使回答了她。

雅克问："你们在说什么？"

史翠珊说："他的古拉丁语不是很好，不过我大致懂了他的意思。他说，他来自另一个星系，来地球是为了一个特殊的使命。不过，他的飞船出了毛病，飞船落地时，他的大脑受到了震荡，他不但想不起来自己来自哪里，就是自己的使命也忘记了。"

雅克说："这么说，他是一个得了健忘症的天使？"

史翠珊问："是的。雅克，你准备拿天使怎么办？"

雅克说："我不知道。我想，我先带他回家去。"

史翠珊说："你要乘飞机的话，需要护照或身份证的。"

雅克说："我可以让他带我飞回去。"

史翠珊说："在乎小命的话，一定要低飞，躲避雷达。还有，你怎么告诉他你要做什么呢？"

雅克说："史翠珊，你能帮我吗？我想和你学古拉丁语。"

史翠珊说："好的，我可以教你。这样吧，你们先到我的家里，这样你和天使会更安全些。"

雅克说："谢谢。还有，你要给我的父母打一个电话，告诉他们我很安全，就说我在汉密尔顿的家。"

史翠珊说："好的。"

接下来的几天里，雅克拼命地记着史翠珊教给自己的古拉丁语。还好，因为雅克学过西班牙语，恰巧古拉丁语跟西班牙语又有很多的相似处，雅克的学习进展得很快。过了几天，雅克已经可以跟天使进行简单的会话了。

史翠珊又教了天使一些英语。天使可比雅克聪明多了，很快地就掌握了窍门，说得简直和雅克一样好。

这天，史翠珊对雅克说："你虽然还不太懂古拉丁语，但天使已经懂得英语了，你可以回去了。"

雅克说："谢谢你帮助了我们。史翠珊，我住在 K 市，林次大街 23 号，是一座 23 层的建筑，我家住在顶层。你一定记着来看我们。"

史翠珊说："好的。我会去的。"

天使带着雅克飞回了雅克家的楼顶。

这是一个云雾很重的既没星星，也没有月亮的夜晚。四下里黑乎乎的，沉寂极了。雅克让天使在楼顶的阳台上等自己，说自己先进去看看情况。

雅克从阳台的门进去，又从窗子钻进自己的卧室。他还没来得及跑出自己的房门，就听到了另外的房间里有陌生人的声音。这个声音说："哈利，你说雅克会回来吗？已经十多天了，我想，大概是外星人把他带走了吧。"

雅克愣住了，他赶紧屏住了呼吸，想：自己家里的陌生人是谁呢？

另一个熟悉的声音响了起来，雅克想起他就是那个叫

哈利的楼房管理人。哈利说："是的，霍尔根，翠丝和贝克什么也没说，我想，他们应该知道些什么。"

雅克想："难道父母都被他们抓起来了？因为我的缘故？"

霍尔根说："政府不让发布外星人的消息，这次行动是秘密的。"

哈利说："也许翠丝和贝克真的什么都不知道。"

霍尔根说："不管怎样，他们总该说点什么。如果翠丝和贝克还什么也不说的话，他们的前景会很不妙。"

哈利说："那会怎样？把他们关起来吗？"

霍尔根冷笑了一声说："你想会怎样？"

哈利说："如果雅克和那个外星人回来了，也要关他们吗？"

霍尔根"哼"了一声说："自然是要关上他们一家人一段日子了，难道政府会希望他们泄密？"

雅克吓坏了，悄悄地从窗户爬出来，他蹑手蹑脚地走到阳台，小声对天使说："天使，我们快点离开这儿。"

天使不解地问雅克："为什么？要去哪儿？"

雅克示意他小声点，告诉他说："有人在抓我们，随便找一个地方先躲起来。"

天使眨了眨眼睛，他知道事情不妙，赶紧带着雅克飞上了几百米外的另一个楼顶停下来。雅克好难过，眼泪都流出来了，他想不到父母竟然受到了自己的牵累。他实在想不明白，政府这是怎么了，干什么随便就抓人。突然间，他感到非常恐惧，现在是战时状态，父母如果被他们枪毙了，恐怕都没人知道。

天使看着雅克伤心的样子，问："怎么了，雅克？"

雅克说："我的父母被政府抓起来了。"

天使问："为什么，是因为我的缘故吗？"

雅克说："是的，因为我放了你。"

天使低下了头，说："对不起。"

雅克说："可他们什么都没做。"

天使想了想说："用我换出他们吧。"

雅克摇摇头说："那怎么可以。再说，就是抓住我们，他们还是一样被关起来。"

天使说："那怎么办？"

雅克抹了一下眼泪说："我也不知道，怎么才可以救出他们。"

一夜就这样过去了，他们靠在一起，望着天上的星星，不知不觉地睡着了。

二、营救雅克的父母

太阳升起来了，雅克揉了揉自己的眼睛说："天都亮了，我的肚子都叫了。天使，我饿了，你肯定也饿了吧？我们总得找点吃的，然后我们该怎么办？"

天使说："我想，你应该打听一下你父母的消息。还有，我猜想你们政府抓你父母的行动是保密的，所以你可以到同学家里去吃饭。"

雅克说："那不行的，我的同学肯定已经被通知，要向政府报告我的消息了。"

天使没有主意了，在这个陌生的星球上，他实在想不出什么好办法。

忽然，天使低头指着远处说："快看，雅克，是史翠珊，她这么快就来了。"

雅克向几百米外的楼下望去，果然是史翠珊在往自己的家里走。

雅克说："天使，我得去救她。"

天使一拉雅克的手说："我带你去。"

雅克说："不行，你白天飞行太引人注目了，我自己去。"

说着，抓了一把地下的土，往脸上抹了抹，从楼顶的小门跑了下去。

雅克乘电梯来到了楼底，快步向自己家的大楼跑去。但当他跑到楼底时，史翠珊已经上楼去了。

因为雅克弄脏了脸，开电梯的人并没认出他。雅克刚刚踏出电梯间，就听见史翠珊正在自己的家门口和警察说话呢。史翠珊说："什么？难道这不是 23 层吗？我找 105 号的雅克，怎么不对呢？"

警察问："你叫什么名字？和他是什么关系？"

史翠珊说："我叫史翠珊，是雅克的朋友。他怎么了？"

雅克灵机一动，在楼道上大叫说："唉呀，你怎么总是搞错？我都告诉你多少回了，105 号的是另一个雅克，而我是住在 104 号呀！"

说着，拉着史翠珊往回走。

史翠珊说："雅克，你……"

雅克说："有什么不对吗？走，到我家去吧。"

史翠珊愣住了，说："啊，是我记错了吗？可我怎么记得你告诉我是 105 号呢？"

雅克说："不是的，我是说 105 号在我的隔壁。"

史翠珊还是很疑惑，她说："105 号是你的隔壁？你好像不是这样说的。"

雅克急坏了，忙说："是这样告诉你的，你难道得了健忘症了吗？"说着，拉起史翠珊就往楼梯的方向走。一边走还一边嘀咕说："自己记错了，还不承认。"他向史翠珊使着眼色，顺着楼梯跑下去。这时，他们听到屋内的两个警察在笑。

史翠珊还是不明白这是为什么，104 室不就在楼道的另一边吗？再说既然要下楼，为什么不乘电梯？她刚要问雅克，雅克示意她别说话。突然间，她明白了，一定是出了什么事情。她和雅克拉着手，快步向楼下跑去，都紧张得不得了。他们终于气喘吁吁地离开了雅克家的大楼，都深深地松了口气。

史翠珊问天使在哪里。雅克回头望了望，说："一会儿就能见到他。现在什么也别问，情况很复杂，我们得快点离开这儿。"

史翠珊虽然和雅克一样的紧张，但她想了想，还是把到嘴边的问题说了出来："究竟出了什么事？我等不及了，我要看到天使。"

雅克说："不用担心，你马上就能见到他。警察抓了我的父母，还要抓我们。"说着，简要地叙述着一切。

这时，在雅克的家里，警察局长查士正在训斥霍尔根："笨蛋，你这个白痴，那个男孩子肯定就是雅克本人，我得派人去搜查。你这个笨蛋，守在这，不管是谁，抓起来再说。下次要是再出错，看我怎么收拾你们！"

这个叫查士的警察局长回到了局里，开始部署搜捕雅克的任务。

他对一个叫艾夫的组长说："你，艾夫，出动三架直升机，负责空中搜索雅克的任务。"

他又对另一个叫比尔的组长说："你，比尔，出动 20 辆警车，负责地面搜索。不管用什么手段，一定要找出雅克！"

艾夫和比尔点头说："是！"

在几百米外的那幢楼顶上，雅克、天使、史翠珊也在讨论下一步的计划。

史翠珊说："我们第一步的计划，是要把雅克的父母救出来。"

雅克说："可是我不知道我的父母被关在哪，怎么救？"

史翠珊说："这里的警察局长一定知道。"

雅克说："你是说……"

史翠珊说："我们去他的家里等他，一定要从他的嘴里得到消息。"

雅克问："我们绑架他吗？不行的，他手里有武器，我们对付不了他。"

史翠珊从自己的口袋里，取出一把微型的射线枪，胸有成竹地说："这可是很有威力的射线枪。他们可以随便抓

人，我们怎么不可以。在电话簿上可以找到警察局长的地址，今天晚上我们就行动。"

晚上，查士坐在自己家的客厅里，边看电视，边看报纸。他头不抬地对自己的老婆简说："霍尔根真是笨蛋中的笨蛋，竟然让雅克在自己眼皮底下跑掉了。嗯，原来雅克有一个朋友叫史翠珊的，我已经叫人去查了。不过 S 国的叫史翠珊的人也太多了，真不知是哪个。"

查士的老婆简说："你的手下笨蛋太多了，上次不是有个家伙把两个戴夫搞混了吗？你应该给手下换换脑。"

查士说："这个国家就是这样，我找不到更聪明的家伙了。"

旁边查士的儿子尼克说："爸爸，你要找更聪明的家伙，就需要更多的钱，你没有那么多的钱，只好找笨蛋了。"

查士说："是呀，钱是政府的，不是我的，我说了不算。可这样的笨蛋又能干什么呢？"

简耸了耸肩说："算了，笨蛋有笨蛋的好处，如果他们不是笨蛋，你这个笨蛋怎么能当局长？"

查士瞪起眼睛说："你这是什么话，难道我是笨蛋吗？"

简说："难道你不是笨蛋吗？如果不是你的笨蛋细胞传给了儿子，他为什么总是得零蛋？"

尼克大声嚷嚷说："是的，妈妈说的没错，学习上的事我总是记不住，这是你的遗传基因起了作用。"

查士怒火冲天地说："怎么是我的遗传基因？你怎么就肯定不是你妈妈的？"

尼克说："自然不是妈妈的，妈妈比你聪明。人们不是都叫你笨蛋局长吗？"

查士大怒，说："难道你要造反吗？你这是在说你的父亲？"说着，满脸怒气地站起来。

尼克赶紧跑到简的身后，大声说："妈妈，爸爸要打我。"

简瞪起牛一样的眼睛看着查士说："难道你想用对待犯人的方式，对待我们的儿子？"说着，愤怒地向查士冲去。屋子里顿时响起家具的碰撞声，人的吵闹声。

窗外的阳台上，雅克有些害怕了。他说："这样凶悍的人，怎么去绑架呢？"

天使笑了说："没关系，我们可以用催眠术使他们安静下来。"

雅克问天使："什么！你居然会使用催眠术？我怎么不知道？你的催眠术对地球人可以保证成功吗？"

天使说："应该没问题。我通过观察，发现你们地球人的思考方式，是通过场来思考的，只要打乱场的顺序，你们地球人就会由于思路不清晰，而进入昏昏沉沉的睡眠状态。"

雅克说："你说的我不懂，你立刻让他们睡着好了。"

天使笑着说："好吧，就尊从你的意思去做。"说着，

向屋内的三个人舞动起手臂。

一会儿的工夫，屋内的三个人果然都睡着了，查士的鼻子里还响着憨声。雅克看着忍不住笑了。

史翠珊在旁边说："走，进去。"

他们把查士一家人绑好，简和尼克被关到了另一间屋子里，分头固定在椅子上，塞住了他们的嘴巴。

雅克让天使弄醒查士，对查士说："我是雅克，我的父母被关在哪里了？"

查士看了他一眼，怒气冲冲地说："我不明白你们怎么敢这样对待我，难道不知道我是警察局长吗？"

雅克说："可我的父母什么也没做，你为什么关起了他们？"

查士说："想关谁是我的权力，你有什么权力问我。赶紧放了我们，否则……"

雅克说："否则怎么样？"

查士说："妨碍了公务，杀头也是可以的。"

史翠珊生气了，她踢了查士一脚："难道你就这样拿着纳税人的钱，还侵犯纳税人的权利吗？你也太可恶了。"

查士说："你就是史翠珊吧？这又没你的事，难道你也想被卷进来吗？"

史翠珊说："雅克和天使是我的朋友，他们的事就是我的事。"

查士翻了翻白眼，满不在乎地说："什么天使？谁知道是什么怪物。"

天使不高兴了，他说："别说废话了，快告诉我们，你们把雅克的爸爸妈妈关到了哪里？"

查士说："我可不是出卖秘密的人，我不会告诉你们。天亮就会有人来，你们就会被抓起来的。"

雅克看了看史翠珊，不知该怎么办。史翠珊四下里看了看，忽然眼睛一亮，她拿起桌上的打火机说："你看，这是什么？看来你还不理解我们的意思。如果你说了，我们会替你保密。可是如果你不说，你和你的老婆孩子就都完蛋了。"说着，晃动着手中的打火机。

查士说："你要做什么？"

史翠珊说："很简单，放火烧了你们。"

查士吓坏了，惊恐地说："不要，千万不要伤害我们，我全告诉你们。"

雅克说："那还犹豫什么，快说吧。"

查士点点头说："是，他们关在塞西尔研究中心。"

雅克说："什么？是被当成研究工具了吗？"

查士连连摇头说："不，不，他们是被当成客人邀请去的。"

雅克说："肯定是强迫去的。否则，为什么我的家里有警察？为什么我的父母不告诉我？"

查士说："那是为了你的安全。"

雅克愤怒了，他说："不要骗我了！为了我的安全？我

有什么不安全？你们想抓我，就抓我好了，为什么要抓我的父母？他们犯了什么罪？我又犯了什么罪？可你们不但关起我的父母，又出动警车、直升机大肆搜捕我，你们到底要做什么？"

查士说："这是一个秘密计划，我们不想让更多的人了解这一点。我们的任务是把外星人找出来。"

雅克说："难道就这样简单吗？如果是这样，为什么说抓住了外星人，还要关我们？"

史翠珊说："雅克，别和他废时间了，等救出你的父母就真相大白了。"

天使也说："是的，我们必须尽快救出你的父母。"

史翠珊对查士说："你的车钥匙。"查士示意自己的上衣口袋。

史翠珊从查士的口袋里取出钥匙，对查士说："对不住，还要委屈你一些时候，如果不出意外，我们救出雅克的父母会来放你的。你不用大喊大叫，窗户和门关得紧紧的，外面是听不见的。"

三个人离开了，背后传来查士大叫的声音："放开我，你们这群混蛋！"

天使说："雅克，这种声音太刺耳，还是把他的嘴巴塞起来吧。"

雅克点点头，他拿来了毛巾对查士说："对不起，为了我们的计划不被你破坏，你就再忍耐一下吧。"

　　史翠珊从车库里把查士的防弹车开出来，她让雅克坐在副驾驶的位置，天使由于有一对大翅膀，一个人坐在了后面。三个人乘着防弹车，飞快地向塞西尔研究中心驶去。

　　天使问："塞西尔研究中心在哪里？"

　　史翠珊说："事情巧得不能再巧了，塞西尔研究中心，是一个对灵长类进行科学研究的中心，就在这个城市的市郊。我去年实习的时候，曾经在那里住过一段日子，所以知道那个地方。那的守卫不是很严。"

　　雅克看了看天使，他说："严也没关系，让天使施展催眠术就行了。"想到很快就能见到父母，雅克很兴奋。

　　由于路上几乎没有什么车辆，所以他们很快就到了塞西尔研究中心的门口。

　　守卫问："你们是什么人？"

　　史翠珊拿出去年进行灵长类研究时用过的通行证说："我们是来进行研究工作的。"

　　守卫看了看说："这个通行证好像作废了吧？"

　　史翠珊说："怎么会呢？我一直用它。"

　　守卫把通行证仔细地看来看去，疑惑地说："是作废了吧？我好像没看到有人用。"

　　这边的车里，天使一边对他施展着催眠术，一边笑着说："瞧，他马上就可以休息了，干什么还这样认真。"

　　他的话音刚落，那边的守卫已经不由自主地闭上了眼睛，软软地瘫倒在自己的岗位上睡着了。

雅克的历险

雅克立刻进入门卫室，打开了大门，史翠珊跑回车里，把车开了进去。

雅克很快就在门卫的记录里，找到了父母的踪迹。他对史翠珊说："他们把我的爸爸妈妈关在研究中心的大楼里。他们就是在我和天使离开那天，被关到这里的！"

雅克他们很快就到了研究中心的大楼前。他们又用同样的办法，把楼门口的两个守卫又催眠了。

雅克翻找着记录，对史翠珊说："我的父母被关在373号房间。"

史翠珊说："这是三楼的一个房间，我们可以顺着楼梯上去。"

雅克很感激史翠珊，庆幸自己结识了这个朋友，他说："谢谢你，如果没有你的帮忙，事情就糟透了。"

史翠珊说："救人要紧，现在干吗还说这个。"

天使说："要说谢谢的应该是我。如果不是我给你添了麻烦，你的父母就不会被关在这里了，我们快走吧。"

史翠珊说："别忙，带上钥匙。"

三个人很快就找到了373号房间。房门是从外面用电子锁锁上的，史翠珊用电子钥匙打开了房门。

雅克一眼就看见了翠丝和贝克，他飞快地扑到父母的面前，大声喊着："爸爸、妈妈！"

可是翠丝和贝克只是木讷地看了雅克一眼，没有任何反应，仿佛不认识一般。雅克吓坏了，问："爸爸、妈妈，你们怎么了？我是雅克呀！"

翠丝和贝克好像没听见，目光呆呆地看着雅克，眼睛都不眨。

史翠珊在旁边说："雅克，别叫了，你的父母被洗脑了。"

雅克急了，大声问："什么叫洗脑？难道他们就永远这样了吗？"史翠珊同情地看着他，什么也没说。雅克抱着妈妈伤心地哭了。

天使皱皱眉，说："洗脑？地球人怎么会做这样惨无人道的事。"

雅克说："天使，你能给地球人催眠，也应该能让地球人恢复记忆吧？你一定要救救他们。"

天使叹了口气说："雅克，我们是有办法可以让被洗脑的人恢复记忆，可那需要我们那个世界的仪器。"

雅克说："天使，想想办法吧，用你的能力再把他们的大脑洗过来。"

天使说："你是说让我来控制地球人的大脑吗？对不起，我做不到。如果能找到飞船，我还可以试一下。"

雅克说："可飞船在哪呢？看着他们这个样子，我会伤心死的。"

史翠珊说："先别急，会有办法的。不如这样，让你的父母暂时留在这里，我们先去寻找飞船。我想，你的父母已经失去记忆了，政府不会对他们怎么样的。"

雅克说："不，我不能让他们留在这儿，没准儿他们会杀了他们的。"

史翠珊想想也有道理，于是三个人把翠丝和贝克半推半拉地带出了塞西尔研究中心。

史翠珊让雅克和他的父母坐在后面，让天使坐在自己的身边。可天使的两个翅膀怎么也放不进车里。

天使说："你们坐车走，我就跟在你们上面。"

雅克说："那怎么行，现在所有的跟踪器肯定都启动了。如果你被捉住，我们的一切努力就白费了。你们在这等我，我去寻找一辆大些的车来。"

史翠珊忙拦住他，说："没时间了，我们必须快些离开，如果被发现了，事情会很糟的。我们必须都离开这里。天使，你可不可以躲在车的顶部。"

天使看了一下车顶，笑了说："这真是一个最妙的主意。"

雅克可不同意，他说："这有多危险，如果他从上面掉下来怎么办？"

天使笑了，说："你对我太没信心了，一个有翅膀的天使会从上面掉下来？你们快开车吧，我可要休息了。"说着，跳到车的上面，头朝下伏在上面，朝着雅克笑。

史翠珊说："我把车窗摇下来，你可以用手抓住车窗的上面，这样会更安全些。"

天使说："别担心我，我会保护自己。"

于是，雅克、史翠珊、翠丝、贝克在车里面，天使伏在车顶，汽车很快就开出了塞西尔研究中心的大门。

在夜幕的掩护下，他们很快就在市郊找了一家汽车旅馆住了下来。为了便于活动，大家决定住在一起，房间定在二楼，是个很宽敞的套间。为了不被别人发现天使的秘密，他们让天使从窗户飞进去，其他人走楼梯。

到后来大家才知道，因为战争的缘故，这里已经很久都没有人来了。因为生意太萧条了，老板把其余的人都辞退了，只留他一个人支撑着这份产业。

安顿好雅克的父母后，大家围坐在一起商量行动计划。

天使说："现在首要的任务，是帮助雅克的父母恢复记忆。"

雅克说："还有，我们吃什么呢？"

史翠珊说："我们可以用我的信用卡。"

雅克说："可是，他们已经知道你的名字了，政府会冻结你的信用卡的。"

史翠珊说："没关系，S国叫史翠珊的人实在是太多了，政府一时是很难查到我的，而且政府也一定不想把事态扩大。"

雅克说："但愿如此。"

天使说："要让雅克的父母恢复记忆，需要找到我的飞船。"

史翠珊说："这样吧，雅克，你和天使留下来陪你的父

母，我去寻找飞船。"

天使说："我不留下来，我也要和你一起去。"

史翠珊说："你的目标太大了，我不能让你冒险。"

雅克说："天使留下来，我去。"

史翠珊说："现在打听消息，我一个人就够了，多了你们反而麻烦。政府想抓的人不就是你们吗？你们只要平安无事，不被别人发现就是胜利了。"

雅克叹了口气说："事情怎么会这样。好吧，我们就躲在这儿不出去好了。"

史翠珊天天出去寻找飞船的下落，可三天的时间转眼就过去了，还是什么消息都没有，大家都急得不得了。雅克和天使又没什么事可以做，除了陪伴雅克的父母，只好看电视打发日子。电视上报道：S 国已经在临国登陆了。

这天，史翠珊很晚才回来，她神秘地对雅克和天使说："你们猜，我得到了什么？"

雅克问："难道有了飞船的下落？"

史翠珊高兴地说："是的，天使的飞船被关在了戈弗雷天文中心。"

雅克说："太棒了，我们今天晚上就去把它开回来。"

天使说："你们就不要去了，太危险了。你们已经帮了我这么多的忙，我怎么还能让你们冒险呢。"

史翠珊说："可我必须得去，你不清楚里面的路径。雅克，你就不要去了，在家里陪着父母吧。"

雅克说："这么大的事情我怎么能不去呢？爸爸妈妈没关系，他们不是天天晚上都在睡觉吗？况且，这里除了我们和老板就没有别的人。"

史翠珊说："不行，万一他们醒了，会泄露我们的秘密的。还是小心点好。"

雅克想了想说："好吧，既然这样，我就不去了，可你们一定要安全地回来。"

三、奇妙的外星飞船

午夜时分，天使和史翠珊出发了。

天使建议史翠珊不要开车了，他说："这次不要从门进去了，我直接带你飞进去。"

史翠珊说："不行，监视器会发现的。还是从门口进去，你在车里施展催眠术好了。"

天使说："好吧，听你的。"

戈弗雷天文中心和雅克住的汽车旅馆正好是城市的大对角，汽车行驶了好长时间才到。天使和史翠珊按事先的计划很顺利地就到了里面。

在戈弗雷天文中心的监控室里，天使用自己的催眠术制服了里面的工作人员。天使和史翠珊打开了电脑，可是上面有密码，进不去。天使很着急。

史翠珊说："那我们换一种方式好了。天使，你既然会催眠，能让别人讲出在正常状态下不应该说的事情吗？"

天使说："我试试看。"

这时，走廊里忽然传来了脚步声，史翠珊忙拉着天使躲藏起来。但并没有人进来，脚步声从门前走过去了。史翠珊悄悄地打开门往外看，她看见走过去的是一个满头白发的穿着白大褂的人的背影。她向天使做了个手势，两个人蹑手蹑脚地跟了过去。

满头白发的人丝毫没发现有人跟着自己，仍然不紧不慢地走着，好像在思考什么问题。天使突然加快了脚步，他猛地扑上去，捂住了这个人的嘴，并快速地把他拖到监视室里。

史翠珊看着这个白发的老人，真不想伤害他，她让他坐在椅子上，对他说："您不用害怕，也不要叫喊，我们不会伤害您，我们只是想找回我们的东西。"

老人倒也和善，他看了看史翠珊和天使问："你们要找回什么？"

天使说："我的飞船。"

老人吃惊地问："你的飞船？难道你就是那个开飞船的人？"

天使说："是的，我必须找到它，把它开回去。"

老人说："不管你是不是飞船的主人，但研究地外生命，是我们地球人梦寐以求的事。现在一个外星人的飞船降落在地球上，不管是谁，都不会轻易地放过这件事。"

天使说："可你们不应该这样做，因为你们不是飞船的

主人。"

老人说："道理虽然是这样，但很遗憾，我什么都不知道。"说着，他合上了自己的眼睛。

史翠珊看着老人的表情，她明白，这位老人是不会把他知道的事情告诉他们的。史翠珊向天使递了个眼色，让他开始使用自己的催眠术。

老科学家很快就进入了睡眠状态，他说出了天使和史翠珊想要的东西：天使的飞船在地下一层 B120 号房间。

史翠珊指了指老人，又指了指那个躺在地上的工作人员，对天使说："想法让他们多睡一会儿，我们去找飞船。"

天使说："好。"

史翠珊又说："我们只有一把射线枪，为了我们的安全，只要我们遇见的人，你就让他睡觉好了。"

天使说："好吧。"

但使他们纳闷的是，一路上竟然什么人也没看见。他们按门上的标记，很容易地就找到了 B120 的大门。因为有了密码，他们就没有了阻力。大门顺利地打开了，原来B120 是个非常大的地下停机场。

天使一眼就看见了自己的飞船，他高兴地说："我终于找到它了！"

天使拉着史翠珊跑到飞船前面，按了一下自己身上的钮扣，飞船的门打开了，并快速地降下了旋梯。天使拉着史翠珊跑上了飞船，收起了外面的旋梯，关上了飞船的门。

天使到处扫视了一下，他说："还好，这里好像没有人来过。"

史翠珊说："这很正常，他们大概是进不来，又不想毁坏飞船吧。"她看了看天使说："这也是他们想快点捉住你的原因之一。"

忽然，天使的脸上露出灿烂的笑容，他高兴地说："看见飞船，我什么都记起来了。"说着，他一边熟练地在操纵台上检测着飞船各方面的状态，一边兴致勃勃地问史翠珊说："那原因之二呢？"

史翠珊说："那就多了，可不是之二那么简单。比如看看你的身体结构和地球人有什么不同，检查你的大脑的容量有多少，看看你的血液有什么特殊的成分……"

天使打断了她的话，吃惊地说："那我不是要变成人体标本了吗？"

史翠珊说："这是自然的，要不然干吗要想办法抓你呢。"

天使摇摇头说："幸好我逃了出来，否则我就真的惨了。"

史翠珊说："是的，你很幸运。"

天使笑着说："这要感谢你们的帮忙，我不但逃了出来，而且飞船的状态良好，完全可以飞行。"

史翠珊奇怪了，她说："你不是因为飞船出了故障，才失去记忆的吗？怎么现在你又说飞船一切状态良好呢？"

天使说："我的飞船有自动修复功能。在我离开的这段时间里，它已经自动修复好了。"

史翠珊好像明白了，她说："那你记起自己是怎么受伤的吗？"

天使说："当时我已经开始降落了，所以我并没在操纵台前。忽然，飞船好像受到什么攻击，一下子冲向了地面。我试图奔向操纵台，却撞到了地上。究竟过了多久，我已经记不得了，我只记得我走出了飞船，被许多人围着，并关进了一间屋子。"

史翠珊说："那是谁关闭了飞船的舱门？是你，还是捉你的人？"

天使摇摇头说："不是我，也不是捉我的人，是飞船的自动系统。当我一踏出舱门，它就自动关闭了。"他回答问话时，满脸都是微笑，自豪得很。

但就在天使脸上的笑容还没褪去的时候，他们听到了刺耳的警报声："有入侵者闯入，有入侵者闯入。"紧接着，他们听到从大门上传来"咔"的一声响，他们赶紧望去，发现大门已经关上了。

史翠珊焦急地看着天使说："怎么办？看来事情真的很糟糕。"

天使想了想，他坚定地说："不，我们一定能出去。"他让史翠珊坐好，自己看了看外面的跑道，按下了操纵台上的按钮。

　　飞船启动了，它顺着跑道，撞碎了合金大门，瞬间就冲上了天空，转眼就消失得无影无踪。它的速度实在是太快了，就连大楼内拼命跑出来的警卫，想抬头看一眼它的机会都没有。

　　飞船快速地保持超低空飞行，眨眼工夫就到了他们住的汽车旅馆。天使把飞船停到了汽车旅馆后面的树林里。

　　看到天使和史翠珊安然无恙，雅克高兴极了，他说："一切顺利吗？飞船开回来了吗？"

　　史翠珊说："飞船开回来了，但不能说顺利。"

　　雅克脸上的笑容一下子消失了，他奇怪地问："既然开回来了，怎么说不顺利呢？"

　　天使说："我们是冲出来的。这里已经有危险了，很快就会有人来，我带你们去山上吧，那儿会安全些。"

　　雅克说："他们不会找到这里吧？"

　　史翠珊说："我们还是小心点好，你的爸爸妈妈都是需要照顾的人，如果有了事想跑都来不及。"

　　雅克看了一眼自己的父母，点点头说："好吧，我们马上就行动。"他们匆忙地收拾一下需要携带的东西，就离开了汽车旅馆。

　　雅克、贝克、翠丝、史翠珊、天使乘飞船来到了附近的一座陡峭的山上，这里茂密的树林正好给他们提供藏身的条件。

　　安顿好雅克的父母，天使开始坐下来查找帮助雅克父

母恢复记忆的办法，而雅克则坐在史翠珊的身边，缠着她让她讲这次行动的经过。

当史翠珊讲到天使用催眠术让老人说出秘密的时候，雅克瞪大了眼睛说："天使的催眠术还能让人说出秘密？"

史翠珊说："是的。"

雅克说："太神奇了，真不知道天使还有多少秘密武器。"

史翠珊说："是呀，警报一响，我想这次是逃不出去了，没想到天使竟会驾着飞船，冲碎大门，毫发无损地逃出来。"

雅克说："那是他们的大门不坚固吧？"

史翠珊说："怎么会？是双层合金钢的。"

雅克吃惊地说："是吗？"

史翠珊说："当然是了。"

雅克关切地说："那飞船怎么样了？就一点都没受伤吗？"

史翠珊点着头说："当然了，你不是也看见了吗，我们不是就坐着它飞到这儿来了吗？"

雅克说："我不是说里面，我说的是飞船的外面。"

史翠珊说："飞船的外面？因为天太黑，我就不知道了。"

天使在一旁说："放心吧，我们星球上的材料是你们地球上没有的，它的坚硬度和韧度超越了地球上所有的材料。"

雅克眨着眼睛说："那就是说飞船一切都没问题了？这真是太奇妙了。"

他刚想对史翠珊说什么，但史翠珊打了个哈欠说："对不起，雅克，我想休息一下，有什么事，天亮再说吧。"

雅克无奈地说："好吧。"

雅克现在很兴奋，他可不想睡觉，他又坐在天使的身边，看天使查资料。

雅克问天使："天使，你的飞船上都写了些什么？"

天使沉默了半晌，说："这些话我本来不应该跟你们说的，可是，我通过跟你们的相处，发现地球人还是有希望的。"

雅克问："天使，你说的'希望'是什么意思？"

天使说："我来自遥远的格鲁星系，我们的法老要求我来调查地球的情况，因为他们得到了从遥远的外星系发来的信息，他们破译了信息的内容，我们因此学会了你们说的语言。据说你们地球人生活在被你们称为银河系中太阳系的地方，你们生活的星球是太阳第三颗卫星，你们叫它地球。你们是一群智慧的生命，是地球上的主宰，希望同外星文明取得联系。法老派我来，希望同你们进行接触。可是我通过搜集来的信息中，发现你们地球人太好战了，从有文字记载开始，一直打到现在。而且越打越激烈，从地面又打到了太空中。我们都以为你们地球是一个科技发

达的星球，你们的人也像我们星球的人们一样的善良，没想到竟是这个样子。瞧，对我一点都不友好，还想让我做你们的人体标本。实在是太可怕了。"

雅克说："我们地球人也不全是这样，我们也互相帮助，也见义勇为，我们也爱和平，不希望战争。但现在地球上灾难重重，海平面不断上涨，吓人的洪灾不断发生。而最可怕的还是地下资源枯竭。为了争夺这剩余的资源，战争打得没完没了。我要不是年龄小，就不会见到你，肯定是打仗去了。战争很可怕，它不但消灭人，也消灭地面别的东西。像我们这儿还能看到树木，这已经是了不起的事了，有的地方早就成了荒漠，没有人也没有树木。"

天使问："既然这样为什么还打？难道战争会带来自然资源？"

雅克耸了耸肩，叹着气说："当然不会。但战争可以掠夺资源，可以对利益重新调整，也许这就是我们地球人类的所谓进步吧。"

史翠珊不知是什么时候醒了的，她突然插嘴说："等一下，我想到了一个问题，天使，你肯定你们的语言，是从地球发去的信息中学到的吗？"

天使说："我也不知道，这是我们星球的一种通用语言。"

史翠珊疑惑地说："是吗？这也太奇怪了，相隔着遥远的星系，竟然用着同样的语言？如果这不是同源，是完全不可能的。同源？可我们怎么可能是同源的呢？"

天使也锁住了眉头，他摇了摇头说："是很奇怪，你们地球上的古拉丁语，怎么竟会是我们的语言呢？除非我们真的是同源。"

史翠珊说："我也是信口说的，我们相隔那么远，怎么也不会是同源。"

天使说："但你们的古拉丁语就是我们通用的语言，这也是事实呀。"

史翠珊想了想说："我们来假设一下，能不能是在很久很久以前，科技发达的你们，曾有人来过地球，所以你们的文明被带到了地球，地球也就有了古拉丁语。"

天使沉思了一会儿，说："你说的有道理，这也是很有可能的。但为什么不是地球人到我们的星球去呢？你们也可以把你们的文明带给我们。"

半天没说话的雅克摇着头说："我们地球人是不会到你们的星球上去的，因为我们的科技没有你们发达。"

天使看了看雅克，点了点头说："不管形式是怎么的，既然我们曾有过相同的语言，就有可能是同源。"

雅克问史翠珊说："同源就是很密切的关系吗？"

史翠珊说："那当然了，同源就是来自同样的地方，关系自然是亲密的了。"

雅克瞪圆了眼睛说："就是说，我们有可能是兄弟？"

天使点了点头说："是呀，有可能。"

雅克说："这也太奇怪了，我们隔了那么遥远，怎么会是兄弟呢？天使，你是怎么来到地球的？飞了多少年?"

天使说："我是靠空间跳跃装置来地球的，所以不必用很久的时间。你们地球人发明了星际旅行的工具了吗?"

雅克摇了摇头，说："没有，我们还在使用等离子体发动机。"

天使问："原理是什么?"

雅克说："等离子体发动机的原理是将喷射物加温，喷射物将汽化，接着形成等离子体，我们再将等离子体继续加热，让其中的离子高速喷出，进而推动飞船的运行。等离子体发动机分四部分。第一部分是一个吹气室，它把喷射物加温，高热化，使之形成等离子体，再把喷射物吹入分离室。第二部分是分离室，将带电粒子，带正电的分离到正电分离室，将带负电的分离到负电分离室。第三部分是加速室，共有两个加速室，在加速室两边用超导体产生巨大的圆形磁场，不停地对带正电、负电的离子分别加速，再把带电粒子吹向喷嘴。第四部分是一对喷嘴，仍然各有一个用超导体产生的磁场，把加了速的带电粒子高速定向喷出，进而推动飞船的行进。"

史翠珊瞪大了眼睛说："雅克，你好了不起，竟然懂这么多的道理。"

雅克说："这有什么，是爸爸教我的。"

天使想了想说："可是这种方法还是很原始，仍然停留在利用反作用力推动飞船的运行上。"

雅克问："这种方法很原始？那么你们是怎样进行超太空旅行的呢？"

天使说："我们是利用场来移动飞船的。换句话说，就是反物质推进器。"

雅克说："反物质推进器？"

天使说："是的，以后我再给你解释，总而言之，已经超越了反作用力的范畴了。"说着，又聚精会神地查起他的资料来了。

雅克还想问什么，但看着天使聚精会神的样子，他咽回了自己要说的话。

忽然，天使高兴得跳起来，他拍着雅克的肩，大声说："好了，你的父母可以恢复记忆了。"

雅克眨了眨眼睛，简直有些不相信自己的耳朵，连连追问说："是吗，这是真的？"

天使说："我的飞船上有确保宇航员大脑平衡的仪器，我发现用它可以让你们地球人恢复记忆。"

雅克也跳起来，他抱住天使高兴地说："太棒了，天使，我就知道你能做到。"

天使说："你们地球人实际上是利用场来思考的，所以，只要不停地帮你的父母搜索这个场，也就是帮你的父母搜索记忆，你的父母会恢复记忆的。"

雅克说："可应该怎么做呢？"

天使摇了摇头，他笑着给贝克带上了一个头盔。

雅克不知道天使这样做会有什么效果，他目不转睛地看着自己的父亲。

忽然，贝克的脸上有了表情，他的目光落在雅克的身上，并对着雅克大声叫着："雅克！"

雅克简直不相信爸爸在叫自己，他疑惑地说："爸爸是在叫我吗？"

天使笑着说："当然是叫你。"

雅克冲上去抱住爸爸，激动得泪水都流出来了，大声说："爸爸，你终于认出我了，你恢复记忆了！"

贝克点点头："是的，亲爱的儿子。"

雅克回头看着天使急迫地说："天使，我已经等不及了，快给妈妈带上头盔，让她快点恢复记忆吧。"

天使说："好的。"

在天使给翠丝恢复记忆时，雅克向贝克叙述了一切。

贝克握着天使的手，抱歉地说："很遗憾，对你这样一个热诚的人，地球对你的迎接实在太不友好。"

天使摇摇头说："没什么，雅克和史翠珊对我就很好。我们是好朋友。"

贝克忽然想到了一个问题，他说："天使，你为什么说，我们地球人还有'希望'，这是什么意思？"

天使说："通过我对法老的理解，他的意图是，如果地球人很贫弱，我们将'取而代之'。"

听着天使的话，史翠珊和贝克惊呆了，他们怎么也想不到地球人的命运将会如此地凄惨：也许灭绝，也许沦为奴隶。但哪一种结局都是让人悲哀的。

雅克似乎并没明白天使的话，他说："天使，你说的'取而代之'是什么意思？"

史翠珊说："他们星球的人将成为地球的主人。"

雅克说："你们成为地球的主人？那我们地球人到哪里去？是杀光我们吗？"

天使说："不，是另外一层意思，占领地球，统治地球人。"

雅克气愤了："统治地球人？那不是让我们成为奴隶吗？"

天使说："可这样地球人就会停止相互的残杀。"

雅克说："不，相互残杀也比做奴隶好。"

贝克皱紧了眉头说："生活在战争中已经很痛苦，如果成了奴隶，连自由都没了，生存还有什么意义。唉，面临着巨大的灾难，可是地球人还在争呀、斗呀，互相残杀着。是呀，他们怎么会知道更大的危险就要来临了呢。"

史翠珊说："我们应该行动起来，用我们的努力让地球上停息战争，让地球人一起对抗侵略者，保卫自己的生存权利。"

雅克看着天使问："天使，你不希望我们成为奴隶吧？"

天使说："是的。"

雅克说："你会帮助我们吗?"

天使说："我会的,雅克。"

雅克说:"那么,天使,你就得出面向地球人说明一切。"

天使点点头,说:"如果能让地球人停止战争,我很高兴。"

贝克说:"那么,我们马上把这件事告诉政府。如果政府向其他各国通报这件事,我相信地球人会团结起来的。"

史翠珊说:"好吧,我们给政府发一封电子邮件,说明此事。"

贝克说:"好的。"

四、M 国的避难者

电子邮件发出去了，可是遗憾的是，政府一点表示也没有，他们在电视上既看不到地球人有和解的意思，也没看到政府有关这件事的报道。

史翠珊说："看来政府并没有相信我们的话。这可怎么办呢？"

天使说："没有别的办法，只有我出面告诉他们事情的严重性，你们的政府才能重视此事。"

雅克说："那不行，我们不能让你去冒这个险。他们正在千方百计地想捉住你，你会被当作稀有动物关起来研究的。"

天使说："可是，这是让他们相信的唯一办法。"

在场的地球人都没有说话，他们知道天使说的有道理。

第二天，贝克、翠丝、史翠珊、雅克早早就开着车到了政府门口，他们看着天使的飞船降落到了政府前面，看

着天使走了进去。

可是，他们等了许久，也没看见天使出来。他们知道事情不妙，天使被扣压了。无奈之下，他们只好离开了政府门口，又回到了汽车旅馆。

过了一天，政府的新闻发布机构，在电视上报告了这样一个消息："昨天，有一名乘坐飞碟的外星人来到地球，问候了政府。目前，这名外星人已在严密的保护之中。"

雅克对史翠珊说："什么严密保护，肯定是被关起来了，我就说他不能去。"

史翠珊说："看来事情真的很糟糕，我们要想办法把他救出来。"

贝克说："可怎么救呢？我们又不知道他被关在哪儿。"

雅克忽然想到了什么，他说："天使会使用催眠术，他会救出自己的。如果他出来，肯定会到山上与我们会合。"

史翠珊和贝克想想也有道理，大家决定先等等再说。

可是，他们轮流在山上又守候了两天，天使始终都没出现。

雅克说："我想，天使出事了。他一定像上次一样，被锁在了什么地方。"

史翠珊说："如果是那样就糟了。"

雅克说："我们应该立刻去救他。"

史翠珊和贝克都点点头，非常同意他的意见。

雅克皱了皱眉头说："可是，我们不知道天使被关在哪儿呀?"

　　史翠珊说:"是呀,这可是个难题,可谁能帮助我们呢?"

　　S国政府关于外星人的报道并没有引起其他国家的重视,战争还在继续。现在全球广泛介入战争之后,地球的形势紧张极了。

　　就在天使失踪的第三天,发生了一件离奇的事情,一艘巨大的未知的飞行物出现在地球上空。各国的雷达都观测到了这个物体,可大家都猜想那肯定是敌对国的飞船,要对自己的国家进行某种新的攻击方式。于是,各个交战国都出动了自己的飞船,攻击这个不明的飞行物。

　　更离奇的事情还在后面,各国的攻击飞船都意外地中弹返回,而这个庞然大物却安然无恙。各国的媒体纷纷报道此事,消息震撼了所有的交战国。既然各国都派出飞船攻击这艘飞船,那么这个庞然大物肯定不是彼此的飞船。直到这时,S国关于外星人的报道才得到了重视。人们纷纷猜测,这个庞然大物会不会就是外星飞船呢? 它和S国关于外星人的报道是不是有关呢? 另外,它从哪来? 它的目的又是什么?

　　于是,曾与这个庞然大物交战的国家联合起来,一致要求S国公开外星人的秘密,否则将一起攻击S国。

　　雅克在电视上看到了这个消息,他大叫着说:"爸爸、

妈妈、史翠珊，出了大事了，所有的交战国都要求我们的政府公开外星人的秘密，否则他们将联合向我们开战。"

翠丝问："那我们与外星飞船还交战吗？政府怎么说？"

雅克说："政府只是说还在考虑中。这一切都是保密的，他们不会说太多。"

史翠珊很着急，说："外星人来了，没准儿就是来攻击地球的，可是地球的各方还在交战。为了地球的未来，我们总应该做点什么。"

贝克说："天使都不知道被关在哪里了，我们又能做什么。"

突然，雅克在电视机前又大叫起来说："爸爸、妈妈、史翠珊，快来看，上面正在通缉我们！"

贝克、翠丝、史翠珊慌忙跑过去看，电视上正在严正报道："通缉贝克、翠丝、史翠珊、雅克，他们是危险人物，请看到的人与我们联系。"电视上还播出了他们四人的照片。

贝克说："天啊！我们被通缉了，我们该怎么办呀？"

史翠珊说："没办法，我们必须立刻离开这儿。"

翠丝的眼泪都流出来了，她说："我们连家都不能回，飞船又没了，现在还能上哪儿呢？"

史翠珊说："看来，只有离开 S 国了。M 国有我的哥哥克劳德，我们可以去他家。"

翠丝说："可是 S 国与 M 国处于冷战状态，边境线都封锁了呀。"

史翠珊说："我们先逃到别的国家去，然后再绕回 M 国。我们得马上租一架飞机。"

翠丝说："可我们已经被通缉了，怎么出去呢?"

史翠珊说："没关系，我可以化装出去。"

贝克说："可这个时候，谁肯为我们冒风险?"

史翠珊说："总会有办法的。"

雅克说："可我们都走了，天使怎么办?"

史翠珊说："我们先躲出去，然后找机会回来。时间一长，人们就会把我们忘记的。如果我们被关起来，天使就没人救了。"

雅克叹了口气，看来也只好这样了。

化了装的史翠珊来到了一家私人机场，见到了一个飞行员。

史翠珊说："我们要租一架飞机去 M 国，你看可以吗?"

那个飞行员说："太危险了，M 国已经封锁了边境线呢。"

史翠珊说："五万美元你干不干?"

那个飞行员心动了，但他说："这事太危险，十万。"

史翠珊说："八万吧。"

那个飞行员说："好，成交。"

飞机起飞了，被通缉的人们终于松了口气。

雅克的历险

一直注视着窗外的雅克，突然从飞机的舷窗里，看到了一个熟悉的身影。他大叫着："爸爸、妈妈、史翠珊，快看，是天使！"

贝克、翠丝、史翠珊从飞机的舷窗往下看，果然看到一个人在海面上飞。史翠珊让飞行员赶紧跟上飞着的人。

飞行员惊讶极了，他第一次看到还有长着翅膀的人，这个人不但能飞，而且还飞得很快。

雅克拍着飞机的舷窗大叫着："天使，我是雅克，快过来！"

飞行员说："你这样喊他是听不到的，快到前面来，通过对讲器来告诉他。"

对讲器里的声音起了作用，那个人飞了上来，果然是天使。

贝克打开飞机的舱门，天使飞了进来。

天使还来不及坐下，雅克就迫不及待地说："天使，看到你，我太高兴了。这些天你是怎么过的？他们欺负你了吧？"

天使说："你们的政府对我还不算太坏，他们并没太为难我。可是我从电视上看到了外星飞船到来的消息，虽然我不知道是不是我的族人来了，但我知道我必须尽快逃出来。"

雅克埋怨着说："你为什么不早点逃出来？我们还以为你又被锁在了什么地方。"

天使说："我知道你们一定是急坏了。可看管我的人里，有几个人对我的催眠术排斥得很。他们好像被称为有特异功能的人，他们的意志比一般的地球人都坚强。"

雅克说："是这样的，我们地球人从 20 世纪，就开始研究人体特异功能了。据说有的人能够隔空移物，可是，我们都相信科学，不大相信这些。"

天使说："你最好相信，我们星球的几个长老好像就有这种本事。这些事情我也不太关心，没想到就带来了麻烦。"

雅克说："他们是怎么做到的？"

天使说："你们地球人是利用场来作思考的，可我们星球的人，有的已经在利用一种叫做切克之力的能量了，这种能量十分强大，甚至能影响负空间。"

雅克问："什么是负空间？"

天使说："我们所处的空间是由我们的物质决定的，而空间的缝隙就是负空间，在负空间中，物质之间的能量传递不是通过能量粒子来实现的，而是一种不连续的潮汐作用。负空间中有许多空穴，能量在这里发生、消失，而在另外的地方产生。由于负空间是不连续的，所以可以把能量积聚到很高，切克就是产生于负空间的一种特殊物质。"

雅克说："这个问题太神秘了，我听不懂。我只是想知道物体是不能超越光速的，你们是怎么超越了数十万光年来到地球的呢？"

天使说："在物质世界中，超越光速确实是不可能的，可是在负空间中，物质移动的方式对于现实空间来讲是跳跃式的，所以，我们可以超越数十万光年的距离来地球。"

雅克好奇地说："天哪！负空间里的跳跃，这又是怎么回事呢？"

翠丝说："雅克，给大家留点说话的时间好不好，这些问题可以慢慢研究。"

雅克抬头看着大家的急迫眼神，点着头说："对不起，你们说吧。"

史翠珊说："天使，你的飞船在哪？以后打算怎么办？"

天使说："我不知道他们把我的飞船藏在了哪里。我想，我可以利用地球的设备给外星飞船发信号，如果他们是我的族人，会帮助我找到我的飞船的。"

贝克在旁边说："天使，你跟政府说了你们的意图了吗？"

天使说："说了。"

贝克说："那政府怎么没采取行动呢？"

史翠珊说："我想，大概是我们政府想独霸与外星人的联系，好从中牟利吧。"

天使叹口气，说："大概是这样吧。你们找到一个可以住下来的地方了吗？"

史翠珊说："是的，我们准备到我哥哥那里去，那很安全。"

天使小声说："那个飞行员呢，他不会告密吗？"

史翠珊说："没关系的，我们只要到了 M 国，谁也不会拿我们怎样的。"

天使说："为了以防万一，我可以对他催眠，让他忘记这一切。"说着，顿了一下，又说："但愿他的意志不会像那几个有特异功能的人那么强。"

飞机到达 M 国机场了，天使对飞行员说："看着我的眼睛。"

飞行员吓坏了，他惊恐地说："你要做什么？你们放心，我不会说出去的。"

天使看着他可怜的目光，不忍心地点了点头，说："好吧，我相信你。"

五个人很顺利地到了史翠珊哥哥克劳德的住处。克劳德是个很善良的生物学专家，他听了他们讲了事情的经过，说很欢迎他们，并答应他们住下来。

天使问克劳德："为了防止事态的进一步发展，我想和外星人的飞船联系一下，不知道你有没有什么办法。"

克劳德笑了说："这好办，在我的研究所里，'超空间传感器'就可以做到。"

天使说："现在可以去吗？"

克劳德说："当然可以。黑夜可以掩盖秘密，现在是最佳时间。"

克劳德让史翠珊安置雅克他们休息，自己则和天使去

和外星人联系。

天使很欣赏地球人的"超空间传感器"的性能，他顺利地传出了自己的信息，而且很快就得到了答复。

天使读了发来的信息，高兴地对克劳德说："真是我的族人来了，他们要我回去报告一下此行的情况。我告诉他们飞船被地球人扣押了，他们说会再派一艘穿梭艇来接我，你们也可以和我一起去。"

听了这个消息，雅克激动极了，他拉着天使说："什么？就是说我可以到你们的飞船上去吗？哇！太棒了！"

贝克可不同意，他说："这样做太危险了！雅克你不能去。"

雅克说："爸爸，外星人是友好的，天使不就是我们的朋友吗？"

贝克说："天使是我们的朋友，不代表所有的外星人都可以做我们的朋友，我不能让你冒这个险。"

雅克看着翠丝企求地说："妈妈，你就让爸爸同意我去吧。"翠丝摇摇头，她可不想让自己的宝贝儿子再遇到什么危险。

史翠珊看着雅克无奈的眼神，替他求情说："贝克，你就让他去吧，我会照顾他的。再说，既然是外星人邀请我们去，又有天使的保护，我们不会有什么事的。"

贝克看着雅克那执著的目光，只好叹着气说："好吧。"

雅克高兴极了，抱着贝克大叫："爸爸万岁！"

几天后的一个晚上，一艘穿梭艇悄无声息地来到了克劳德的住处，雅克、史翠珊和天使上了飞船。

穿梭艇是个碟状的飞行器，平稳极了，当它腾空而起的时候，雅克几乎什么都没感觉到。雅克一会儿都坐不住，想到马上就能看到外星人的文明，他手舞足蹈，兴奋极了。

舷窗外，星星几乎就在眼前。穿梭艇的速度实在是太快了，眨眼的工夫，雅克他们就来到了外星母舰的旁边。

外星母舰是一个橄榄球形状的飞船，好长好大呀。天使指着母舰告诉雅克，粗的这头是尾部，尖的那头是头部。雅克惊讶得合不上嘴，这个外星人的飞船太巨大了，又因为它的橄榄状的体型，雅克很难把它从尾看到头。雅克从来没有想到，人类能造出这样大的太空飞行物。雅克现在很自豪，他已经不觉得外星人和自己不一样了，因为天使不是说，地球人和外星人很有可能同源吗。

雅克他们乘坐的穿梭艇，从外星人母舰尾部的一个入口处飞了进去。

但等待他们的可不是外星人的微笑，而是一群荷枪实弹、全副武装的戴着面罩的外星人。因为他们看惯了有关外星人的电影，身边又有天使的陪伴，雅克他们倒没有惊慌。而雅克还突发奇想，他认为，那些同样长着翅膀的外星人这个样子倒也适合，但如果是让天使站在这里，他就应该拿剑才比较适合。

"菲尔，你回来了！"一个迎面过来的外星人对天使叫

道。雅克现在终于知道了天使的名字是：菲尔。

"亚沙，你好！"天使菲尔回答。

但后来的谈话雅克就听不明白了，因为天使菲尔忽然转换了语言。雅克很奇怪，他想：天使不是说古拉丁语是他们的通用语言吗？可他现在怎么又说起别的什么语言了呢？看来事情并不像自己想象得那样简单，自己虽然和菲尔做了朋友，可是他还没告诉自己他的全部事情。他现在突然转换了语言，就是想对自己保密。

亚沙把菲尔、史翠珊、雅克带到了一个大厅。雅克暗暗地数着数，他想：按走的步数来看，这应该是飞船的中部了。

雅克他们看见，在大厅的两边，各站着一排神态威严的戴着面罩的外星人。

"赛斯长老到！"一个外星人喊道。

从大厅外面，走进来一个身材高大的外星人，他的眼睛是金色的，头发是蓝色的，有着精灵一般尖尖的耳朵，同样，也有一双大翅膀。

"赛斯长老，我把菲尔和他的朋友带来了。"亚沙说。

出于礼貌，雅克和史翠珊深深地向赛斯长老鞠了一下躬。

接着，赛斯长老就和菲尔用古拉丁语谈了起来。

史翠珊在旁边悄悄地对雅克说："他们在谈论菲尔在地球上的遭遇，菲尔对地球人易受催眠的事，作了很长的陈述。"

雅克点点头，说："哦。"

史翠珊又听了一会儿，说："不好，S 国原来已经和外星人联系上了，看来 S 国真想独吞外星的高科技成果，S 国还跟外星人说他们正在与其他国家交战，希望得到外星人的援助。看来 S 国真是想称霸地球！"

雅克突然感到了害怕，他声音颤抖地说："这下完了，我们没有利用价值，可能会死的！"他的脑袋里闪现出许多在书上看到的，对没用的人枪毙掉的情节。

史翠珊看着雅克变了颜色的脸，忙拉着他的手，安慰他说："不会的，我们也可以说是 M 国派我们来的。"

雅克说："可菲尔会说出去的。"

史翠珊说："他不会，我们是朋友。"

雅克说："你能保证吗？"

史翠珊用奇怪的目光看了看他说："当然了，你不是曾经救过他吗？"

雅克看了看正在说话的天使，心想：但愿他能记着这件事。

赛斯和菲尔的谈话终于结束了，赛斯长老往这边看着史翠珊说："我对你能讲我们的语言感到很有兴趣，你是怎么学会古拉丁语的？"

史翠珊说："古拉丁语是我们祖先用过的语言，我是从学校里学到的。"

赛斯长老说："我看过你们的历史，地球人经过了上百万年的进化，有了现在这样的进步，我们古贝朗人当然也不会例外。可我们距离数十万光年的两个星球，竟然都有人懂古拉丁语，这是绝对不合乎逻辑的。哦，对了，忘了告诉你们，我们的星球被我们称为古贝朗星，但我们的星球比你们的地球要大得多。我们古贝朗星只有一个政府，全都服从于我们的法老，因为这个原因，我们发展得很快。"

史翠珊说："你们的法老是……"

赛斯长老说："是我们古贝朗的国王。"

史翠珊说："你说我们使用同一种语言，是绝对不合乎逻辑的？"

赛斯长老说："是的，除非有一种可能，就是我们曾经是同源。我注意到你们星球上的古老记载，说在亚当、夏娃时代，天上是有天使的，天使也和我们古贝朗人一样有翅膀，这恐怕不仅仅是一个巧合。"

史翠珊笑了说："你是说，你们和我们古老神话中的天使是同源吗？"

赛斯长老说："我和你讲的可不是什么神话，我所说的是事实。我们其实不是古贝朗星球的人，因为我们并没发现古贝朗人进化的历史。我们的记载是从文明时代开始的，这令我们很疑惑，我们的起源在哪里？我们的文明又来自何方？直到我们找到了你们地球人发出的信息，解读了上面的数据。我们发现，你们地球人的基因结构，同我们星球的人很相像，所以，我们来到地球寻找答案。现在，我们又发现了你们地球上，也有懂我们古贝朗人语言的人，这让我们古贝朗人很兴奋。因为这个原因，我们古贝朗人很希望能同你们地球人合作。我们现在已经同你们地球的S国联系上了。尽管他们的语言我们暂时还不很明白，但我们已就天文方面的知识进行了交流，而这是不太需要语言方面的知识的。"

史翠珊暗暗地松了口气，看来，S国与古贝朗人的交流还只停留在有限的界限上，事情还有回旋的余地。

史翠珊对赛斯长老说："你能代表你们的星球吗？"

赛斯长老说："我们古贝朗的法老已经授权给我，我可以代表我们的星球。"

史翠珊说："我是M国派来的使者，希望能与你们合作，制止地球上的战争。"

菲尔在一旁补充说："是的，我在电视上也看到了，地球上到处都在打仗。"

赛斯长老说："能停止战争当然是好事，我们先来谈谈条件好吗？"

史翠珊说："这需要我回M国商量一下，我这次来的目的只是与你们进行接触，我没有谈判的权力。"

赛斯长老说："好的，我派穿梭艇送你们回去，希望我们还能再见面。"

回地球的途中，雅克问史翠珊，赛斯长老都和她谈了什么。史翠珊告诉了他。

雅克说："如果真是这样就好了，没有了战争，我们就能回家了。"他突然又想起了什么，眨着眼睛问史翠珊说："我们如果制止了战争，也会成为名人吗?"

史翠珊点点头说："也许会的。你想成为名人吗?"

雅克认真地点点头说："当然想了。难道你不想?"

史翠珊摇摇头说："还是做个普通人好，总有人在注视你，那有多别扭。"

雅克很不理解史翠珊的话，他说："到处有人在看你，那有多神气。我还是喜欢当名人。"

回到了克劳德的家，雅克向父母叙述了一切，贝克和翠丝看到儿子安然无恙，都很高兴。

这时，在古贝朗的母舰上，菲尔对赛斯长老说："你不能相信他们，他们其实只是 M 国的避难者，并不是什么 M 国的使者。"

赛斯长老说："可他们懂我们的语言。如果能做到让我们和地球人结成联盟，那又有什么关系。"

菲尔说："地球上肯定还有人懂古拉丁语的，我们可以直接向地球传播我们的信息。"

塞斯长老说："我们还不知道地球人目前对古拉丁语的编码，无法把我们的信息传播出去。由于地球人对我们怀有敌意，我无法再派使者去。"

菲尔说:"没关系,我可以去第二次。"

赛斯长老说:"我不能让你再被关起来。好了,菲尔,我们不谈这个问题了,你说过,地球上有人有什么特异功能,这是怎么回事?"

菲尔说:"具体情况我并不清楚,我只知道他们可以对付我的催眠术。听雅克说,地球人在 20 世纪的时候,就有人有这种功能。听他讲这种人可以隔着空间搬运东西,好像比我们古贝朗人的切克之力还厉害。"

赛斯长老点着头说:"这个孩子还真的很厉害,知道的事情很多。"

五、S 国向 M 国宣战了

　　雅克从窗子里看到了从远处走过来的克劳德，忙飞快地跑出去。他拉着克劳德的手说："克劳德先生，我们已经见到了外星人，他们说要帮助我们地球停止战争，你愿意帮助我们说服你们的政府吗？"

　　克劳德笑着说："能停止战争当然是好事，可外星人有什么条件，而我又怎么说服我们的政府同外星人合作呢？"

　　雅克摇摇头说："外星人没条件，他们只是在帮助我们。你们 M 国的政府很爱好和平的，他们肯定会乐意做的。"

　　克劳德说："但愿如此。可怎样证明确实有外星人这件事呢？"

　　雅克瞪大眼睛说："我们就是证明呀！"

　　克劳德笑了，他摸着雅克的头说："这事可没这样简单。"

雅克缠着他说："帮帮我们吧，难道你不希望我们成为名人吗?"

克劳德说："什么名人?"

从屋子里走出来的史翠珊笑着告诉他说："制止战争的名人。"

克劳德看着雅克说："好吧，我同意了。可我怎么做呢?"

史翠珊说："很简单，想办法让我们见到政府的官员，把我们准备的材料交上去。"

克劳德说："材料里写了什么?"

史翠珊说："写了我们从 S 国逃走的经过，和我们希望代表 M 国与外星人谈判，使地球能停止战争。"

雅克说："如果地球停止了战争，我们就可以回家了。"

第二天，史翠珊、雅克在克劳德的陪伴下，来到了 M 国的政府大厦。他们向政府官员递上了准备的材料。

那个政府官员简要地看了一下材料，说："你们说的事情很重要，我马上报告有关部门。"

M 国的工作效率果然很高，只过了一天，答复就批下来了，同意让雅克等人做 M 国与古贝朗人谈判的代表，另外，政府还派了一个懂古拉丁语的叫特里的人协助他们。

雅克高兴极了，自己竟然真的成了与外星人谈判的代表，这是他怎么也想不到的。如果古贝朗星人和地球人谈判成功了，自己就是地球历史中的名人了。

　　M 国也是一个大国，也有很先进的航天设备，他们发射了一艘叫先驱号的小型飞船，送雅克他们去与外星人谈判。但他们用的等离子体发动机，仍远远落后于古贝朗星。

　　先驱号小型飞船在离开地面时，重力加速度让雅克感到很不舒服，虽然有弹性的坐椅抵消了大部分的重力加速度，但是雅克依然感到很不舒服。他记得天使的飞船可不是这个样子的，天知道他们是怎么做到的，难道他们的飞船不受重力的影响吗？

　　但雅克的好心情并没受到太大的影响，这次，他已经把自己看成大人了。自己一直希望能没有战争，看来这次自己是成功了。

　　雅克看着舱窗外没有空气阻隔的群星，想到马上就要见到外星人了，不知为什么，心里还是有些不安，他始终忘不了天使那天的表现。雅克问史翠珊说："我们同赛斯长老的谈判能成功吗？"

　　史翠珊说："当然能，古贝朗人看来很爱好和平的，他们的到来也怀着友善的目的。我想赛斯长老告诉我的事情是真实的，他们一直在寻找自己的祖先。"

　　雅克皱皱眉头，疑惑地说："可菲尔那天为什么要转换语言呢？"

　　史翠珊说："什么转换语言？"

　　雅克眨着眼睛说："难道你没听见吗？那天亚沙和菲尔说的是我不懂的语言。"

史翠珊并不惊奇，她说："那有什么，大概是习惯吧。也许那种语言他们用着更舒服。就像我，虽然懂古拉丁语，但我还是喜欢说英语。"

但史翠珊的话并没说服了雅克，雅克还想对史翠珊说什么。但这时，先驱号小型飞船已经靠近了古贝朗人的母舰，他只好收住想说的话。

根据古贝朗人的指示，先驱号小型飞船由古贝朗人的母舰尾部的舱门进入。雅克他们走进去，发现古贝朗母舰上迎接他们的，依然是亚沙。

在往大厅走的时候，雅克突然看到一个熟悉的身影，他赶紧悄悄地对史翠珊说："我好像看到了 S 国的比尔参议员了。"

史翠珊说："怎么可能呢？在哪里？"

雅克用手指了指前面，可史翠珊什么也没看见。她笑着说："不会的，大概是你看错了。"

雅克说："我不会看错，他的衣服和外星人不一样。"

亚沙不知道他们在说什么，他皱着眉头看了看他们，示意他们别说话。

雅克他们走到古贝朗母舰的大厅时，又看到了赛斯长老。赛斯长老态度很温和，雅克暗暗地松了一口气。

赛斯长老用英语说："欢迎你们。"

雅克很惊讶，这次他终于能听懂赛斯长老和史翠珊之间的谈话了。雅克想：肯定是菲尔教他的。

赛斯长老问:"你们这次带来了什么重要的信息?"史翠珊看了看雅克,让他说。

雅克咳嗽了一下,挺起胸膛,郑重地说:"我们这次代表地球的 M 国,想与古贝朗人签定协议。"

赛斯长老说:"你需要我们做什么?"

雅克说:"阻止地球人之间的战争。"

赛斯长老说:"我答应你们。"

雅克很高兴,又说:"我们希望得到你们在科技方面给予我们的帮助。"

赛斯长老又点点头,说:"可以。"

双方又谈了一些细节的问题,赛斯长老全答应了。雅克很高兴,他没想到,这次谈判会这样轻松。赛斯长老还说,如果他们希望菲尔和他们在一起,他也会同意的。

回地球的路上,史翠珊说:"奇怪,他们怎么全答应了,而且这么爽快?"

特里在旁边说:"这奇怪吗?你们不是说古贝朗人很爱好和平的吗?"

史翠珊说:"可什么条件都没有就奇怪了,不论是谁,做事都是有目的的。"

雅克说:"不管怎么说,我们的目的达到了。"

史翠珊摇摇头,没有说话。

他们刚刚从先驱号小型飞船上下来,就得到了一个可怕的消息。M 国的政府官员告诉他们:在前一刻钟,S 国向 M 国宣战了！借口是 M 国窝藏了 S 国的叛国者。

雅克不敢相信自己的耳朵，他反问道："S 国向 M 国宣战了？"

M 国的官员说："是的，S 国向我们宣战了，所以我们的总统请你们立刻到他的办公室去。"

史翠珊说："这真是最糟糕的事了。我们怎么办呢？"

雅克想的倒很简单，他一点都不犹豫地说："不能因为我们把 M 国卷入战争，我们现在就回 S 国去。"

史翠珊摇摇头，苦笑着说："怎么会这样简单，这不过是 S 国的一个借口，想称霸全球才是 S 国的目的。就是我们回去，战争还是不会停止的。"

雅克说："那怎么办？我们就眼看着 M 国被他们消灭吗？"

史翠珊说："我们去寻求古贝朗人的帮助。如果他们肯帮助我们，M 国就有胜利的希望。"

雅克和史翠珊让政府官员去报告总统，说他们立刻就去寻求外星人的帮助。先驱号小型飞船又载着他们向古贝朗人的母舰飞去。

古贝朗长老好像早就知道要发生这样的事，他马上就为 M 国提供了一批构造特殊的枪。这种枪不需要瞄准，能自动识别生物的整体，而后可在被瞄准的生物躯体上实现分子级的爆炸，进而杀死敌人。赛斯长老还派菲尔来 M 国帮助雅克等人。

有了外星人的武器，战争朝着有利于 M 国的方向发展。几天后，M 国已经推进到 S 国的境内，按 M 国根据形势的推断，用不了多久，S 国就会要求两国和谈的。

可接下来的战况却出乎 M 国的意料，情况突然发生了变化，S 国的军队不但把 M 国的军队打出了境外，还向 M 国的境内逼近了许多。虽然 M 国的士兵拼命抵抗，但都无济于事。前线的士兵报告说，S 国士兵手里使用的是和他们一样的武器。

M 国的总统气坏了，他把雅克他们叫去，问到底是怎么回事。

雅克问到菲尔，菲尔说："你不知道吗？S 国也与我们的赛斯长老签定了共同防御的协定了。"

雅克大叫道："可是 S 国和 M 国是敌人呀，赛斯长老到底想帮哪一边？我们现在就去找他问个明白。"

史翠珊摇摇头说："别问了，我已经明白了，他们是让我们互相残杀，然后他们好统治地球。"

雅克看着菲尔说："这是真的吗？你们是这个意思吗？"

菲尔低着头说："不是由我们统治地球，是让你们胜利的一方统治。"

雅克生气极了，他说："你怎么能这样做？我一直拿你当朋友，没想到你竟然在帮 S 国。"

菲尔看着雅克说："如果 S 国统治了地球，地球人之间就不会有战争了。"

雅克生气地说："不，崇尚自由的地球人，是不会甘心做任何人的奴隶，包括你们。"

史翠珊看着菲尔说："你的行为伤害了我们的友谊，但愿以前的你，不是在演戏。"

菲尔说："对不起，我必须按长老的要求去做。"

面对着严峻的形势，M 国的政府官员一直在努力地想办法。

亚瑟参议员对总统克莱夫说："要想阻止 S 国的进攻，目前只有一个办法，阻断古贝朗人对他们的支援。你还记得古中国有一个荆轲刺秦王的故事吗？"

克莱夫说："你是说，刺杀赛斯长老？"

亚瑟点点头，说："这会让古贝朗人改变对地球人的策略。"

克莱夫说："可是，你怎么知道他们一定会改变策略呢？"

亚瑟说："他们会派来一个新的使者，这个新的使者也许会有新的想法。再说，即使他们不改变想法，也为我们赢得了时间。"

克莱夫说："能赢得多少时间呢？"

亚瑟说："也许一年，也许两年，谁知道呢，但这已经足够了。我们联合所有反对 S 国的国家，只要大家携起手来，我们就能胜利。"

克莱夫说："你说的很有道理。可这需要足够的勇气，

派谁去呢?"

亚瑟说:"我认识一个叫巴兹尔的人,他可以去做这件事。"

克莱夫说:"需要谁的帮助吗?"

亚瑟说:"如果雅克和史翠珊同意去,是再好不过了。古贝朗人很信任他们,绝不会想到我们的计划。"

克莱夫说:"好的。把我们的计划也告诉他们吗?"

亚瑟想了想说:"还是不告诉的好,免得他们有顾虑。"

克莱夫找来雅克和史翠珊,对他们说:"我有一个新的任务要交给你们,去劝说赛斯长老不要挑起地球人之间的战争,你们愿意去吗?"

雅克说:"我愿意去!"

克莱夫问史翠珊:"你呢?"

史翠珊说:"我们给你们的国家带来了麻烦,所以无论让我做什么,我都会去的。"

克莱夫朝旁边的亚瑟点了点头。

亚瑟走过去,对雅克和史翠珊说:"我们这次派一个特使来协助你们,他的名字叫巴兹尔,是个很有才干的人。"

雅克说:"那太好了。"

先驱号小型飞船出发了。虽然翠丝非常不愿意让雅克去,但这次她没有办法阻拦。她祈祷着,希望儿子能平安地回来。

雅克每次离开地面,他都有一份新的感受。这次,他很有使命感，他觉得自己在为一个国家，甚至是地球的未来去见赛斯长老。

史翠珊的心情和雅克很不同，她没有什么使命感，只是感到很沉重，她不知道自己还能不能保护雅克的安全。

又一次站在了赛斯长老的面前，雅克开始了自己的讲演："亲爱的赛斯长老，我们这次来是劝说你不要再帮助 S 国了。S 国是一个侵略性很强的国家，是地球和平的破坏者。我们很希望得到古贝朗人的友谊。你们发达的科技，爱好和平的愿望，都给我们留下了美好的印象。可是现在，我们发现 S 国的士兵，手里也拿着同 M 国一样的武器，这也是您提供的吗？这究竟又是为什么？"

赛斯长老说："既然你们都已经知道了，我就没有必要隐瞒了。S 国也与我们签定了共同防御的协定，条件之一是要求我们提供先进的武器。我们得遵守原则。"

雅克说："可 M 国和 S 国是敌对的呀，你总不能双方都支持吧？这不是让双方对立的情绪越来越激烈吗？"

赛斯长老说："我们只是在遵守协定。"

雅克说："这叫什么遵守协定？这是在挑动。你不会是希望我们地球人相互残杀吧？"

赛斯长老不高兴了，他瞪着雅克说："你很没礼貌，这就是你们地球人的修养？"

这时，巴兹尔在旁边已经等得不耐烦了，他大叫一声："去死吧。"说着，一支射线枪发射光线射向了赛斯长老的

胸口。他的动作惊人地快，周围的人，根本就没看清事情是怎样发生的。

就在雅克目瞪口呆的时候，更惊奇的事出现了，赛斯长老的身前突然起了一道光壁，把射线弹了开去。只见他一伸手，巴兹尔就离开了地面，摇晃着向空中飘去。

雅克被眼前的景象吓呆了，大声说："赛斯长老，你放过巴兹尔吧！"

赛斯长老说："愚蠢的地球人，还想用你们的武器来杀我！"说着，手猛的合上了，巴兹尔就像被揉捏的面团一样，全身骨骼碎裂，掉在了地上。

雅克和史翠珊呆呆地看着巴兹尔的尸体，他们不知道接下来，赛斯长老会怎样对待自己。

但这时赛斯长老说："你们走吧，回去告诉 M 国，我不会答应他们的。"说着，离开了大厅。两旁戴着面罩的外星人也随他而去，只留下了亚沙。

亚沙示意史翠珊和雅克赶紧离开，并在前面引领着他们。史翠珊看了看雅克，拉起他的手，走在了亚沙的后面。当她走到赛斯长老曾经站过的地方时，弯腰捡起了什么。

当他们踏上了 M 国的飞船时，心情还没平静下来，一路上，谁都没有说话。

他们走下飞船的时候，史翠珊问雅克："我们现在怎么办？"

雅克说："向克莱夫报告。唉，巴兹尔的牺牲是不值得的，克莱夫低估了古贝朗人。"他皱了皱眉，问史翠珊说："你说，赛斯长老为什么就打不死呢？"

史翠珊说："是那道光壁救了他。"

雅克说："那道光壁是怎么回事？难道赛斯长老有什么特异功能吗？等回到家我一定问问菲尔，赛斯长老为什么打不死。"

克莱夫听了雅克和史翠珊的报告，叹着气说："地球的末日到了。"就让雅克他们回去了。

雅克和史翠珊回到了克劳德的家，雅克向菲尔问起了赛斯长老的事。

菲尔说："这就是我跟你说过的切克之力，赛斯长老是我们星球上能够运用切克之力的少数的几个人。据说，只有王室血统的人才具有这种力量。"

雅克眨了眨眼睛说："赛斯长老和你们的法老是兄弟？"

菲尔说："这我并不清楚。有些事情是保密的。"

战争仍然在继续，S国已经向M国发出了最后通牒，要么投降，要么战斗。M国的回答是：宁愿战死，决不投降。

S国又夺取了M国的几个城市，克莱夫很着急，他调派大部分兵力组成一道防线，试图作最后的顽抗。但这道防线没能抵御住S国的进攻，而M国的兵力也快耗尽了。

这天，克劳德对贝克一家人和史翠珊说："我们失败了，看来，你们得逃到其他的国家去，再过几天，我们城

市的上空，就会挂起 S 国的旗帜。S 国会继续追捕你们的，如果被他们捉住了，不知他们会怎样对待你们。"

贝克叹口气，说："我们不管逃到哪里，最终都得落入 S 国的魔爪。"

雅克看了看屋子里的人说："我们去找菲尔吧。我们是为了救他而遭到 S 国的通缉，现在 S 国和古贝朗人签定了共同防御协定，只要菲尔出面，S 国肯定会取消对我们的追捕。"

史翠珊说："这是一个办法。"

菲尔被派到 M 国之后，一直跟雅克他们生活在一起，雅克怕这样做会引起古贝朗人的猜疑，但菲尔说赛斯长老并不反对他和雅克他们在一起。

雅克向菲尔说了他们的请求，菲尔说："可我的话是不算数的，我们得去找长老。"

雅克无奈地说："那好吧。"

菲尔开着自己的飞船，载着贝克、翠丝、史翠珊和雅克一起到了古贝朗的母舰上去。

贝克和翠丝第一次看到外太空人类制造的巨大母舰，他们惊讶极了。他们发现这儿的古贝朗人和菲尔一样，都长着一对翅膀。

雅克和史翠珊不由得都想起了上次，巴兹尔刺杀赛斯长老的事，虽然他们已做了最坏的打算，可心里还是忐忑不安的，不知道赛斯长老会怎样对待他们。

　　这次亚沙没有出现，直接由菲尔带着他们去见赛斯长老。

　　赛斯长老的态度很出乎他们的预料，就好像他们之间从没有过什么不愉快的事。他笑着说："欢迎你们，古贝朗人的朋友。"

　　雅克说："赛斯长老，很感谢您现在还这么说。"

　　赛斯长老说："怎么，不是这样吗？你们救了菲尔，当然就是我们的朋友了。"

　　雅克不明白了，他说："可 S 国那样对待菲尔，您为什么还要和 S 国搞什么共同防御协定，还让 S 国吞并 M 国呢？"

　　赛斯长老说："这是我们的游戏规则，你是不会理解的。你知道我们发现了什么？"他的表情是那么高兴，眼睛里似乎都放出光来。他不等雅克问，就兴高采烈地又说下去："这些天，我们分析了地球人的基因序列，令我们惊奇的是，地球人和我们古贝朗人有着相似的基因序列。"

　　雅克说："那就是说，你们古贝朗人也是以蛋白质为主的生物？你们的元素也主要是碳元素？"

　　赛斯说："是的。"

　　雅克问："那我能问一个问题吗？"

　　赛斯说："你问吧。"

　　雅克说："可我们地球人从没有听说过切克之力，而您为什么有呢？"

赛斯的脸色立刻变得那么可怕了，他说："是谁告诉你这些的？"

雅克吓坏了，不知道怎样回答。心想：原来这是保密的，菲尔告诉我这些，是违反了他们的族规。自己就不该问这个问题。

菲尔在旁边低下头说："对不起，赛斯长老，是我告诉他的。"

赛斯长老的神色恢复了一些，说："原来是这样。其实也没什么奇怪，我的生理结构经过改造，和其他古贝朗人有些不同。"

雅克可不敢再追问下去了，他想赶快带着父母离开这个地方。为了不再惹恼赛斯长老，就说："赛斯长老有这样的能力，大概是您自己努力的结果吧。"

听了这句话，赛斯长老点点头说："这话不错，你们地球上不是有句话叫'功到自然成'吗？"

看着赛斯长老的心情有了变化，雅克赶紧说："赛斯长老，我能求您一件事吗？"

赛斯长老说："说吧。"

雅克说："我因为救菲尔的缘故，被 S 国政府通缉，还因此连累了我的家人和史翠珊。我想请您帮助我们，让 S 国撤销这个追捕令。您跟 S 国结盟，S 国很尊敬您，您是可以做到的。"

赛斯长老说："这是应该的，我答应你这件事。"有了他的这句话，雅克他们可不想再停留，大家忙向赛斯长老致谢，赶紧告辞走出来。

S 国的国旗挂到了 M 国的政府大厦上，同时，雅克他们也在电视上看到了这么一条消息：S 国政府决定，撤销对贝克、翠丝、史翠珊、雅克的追捕。

尽管想到 M 国被占领了，他们的心情并不好受，但想到自己不被追捕，心里还是高兴的。雅克说："爸爸、妈妈、史翠珊，我们不用躲来躲去了！政府真的撤销了对我们的追捕令！"

贝克大声说："我们终于可以回家，可以回 S 国了！"

克劳德叹了口气说："什么回 S 国，这儿已经是 S 国了。"

雅克问："克劳德，你们 M 国的人对 S 国占领你们的国家，一定很不满吧？"

克劳德说："当然的了，谁会高兴自己的国家被占领。"

 **六、古贝朗人想帮谁**

这天，贝克一家人上街购物，作回家的准备，菲尔又回了古贝朗人的飞船，只有史翠珊在家里。

克劳德从外面回来，看到这情景，就对史翠珊说："你给我的东西我分析过了，它不是任何生物的一部分，是一种奇怪的化合物，地球上没有这种东西。"

史翠珊说："那就奇怪了。"

克劳德说："什么奇怪了？这到底是哪来的？"

史翠珊说："别问了，你还是不知道的好。"

晚上，雅克回来了，史翠珊对雅克说："你到我房间来一下。"

雅克去了，问史翠珊："什么事？"

史翠珊说："你还记得上次我们见到赛斯长老时，他说的话吗？"

雅克问："说什么了？"

史翠珊说："他说，我们地球人和古贝朗人有着相似的基因结构，都是蛋白质为主的生物。"

雅克问："然后呢？"

史翠珊拿出一根蓝色的丝状的东西，说："知道这是什么吗？"

雅克问："是什么？"

史翠珊说："是上次巴兹尔刺杀赛斯长老时，我捡到的。"

雅克说："那又怎么样？"

史翠珊说："我让克劳德分析过了，这根赛斯长老的发丝没有基因成分！我也让克劳德分析过菲尔的头发，他的基因确实与地球人很相似。"

雅克惊讶极了，说："你是说……"

史翠珊断定地说："是的。这就是说，赛斯长老同菲尔，也就是大部分的古贝朗人，是完全不同的种类！"

雅克惊呆了，说："完全不同的种类？那就是说统治古贝朗人的皇族，根本就不是和菲尔一样的外星人？"史翠珊点了点头。

雅克想了想说："不对，赛斯长老不是说，他被改造过了吗？"

史翠珊说："可如果改造的连基因都没有了，那个'人'怎么还是古贝朗人？"

雅克说："就是说……"

史翠珊点了点头，同雅克一起说："古贝朗的王室藏着天大的秘密！"

S国又开始向其他的国家侵略了，这些国家望而生畏，他们没有S国的先进武器，知道依靠自己的力量是打不赢S国的。这些国家不知道S国的先进武器是外星人提供的，还以为是S国自己开发出来的。为了保卫自己的国家，慑于S国武器的威力，各国决定暂时抛开一切恩怨，联合起来一致对抗S国。

面对着严峻的战争形势，雅克和史翠珊发表着自己的意见。雅克说："一个连胜利希望都没有的战争，打下去还有什么意思，我真希望这场战争能尽快结束。地球的资源已经消耗得差不多了，何必再浪费人力、物力呢？"

史翠珊说："是啊，本来地球的情况就已经够糟糕的了，现在又添上了古贝朗人的介入。你说，古贝朗人来地球的目的到底是什么？看赛斯长老的态度，总不会是为了支持S国吧？"

雅克说："这我倒没想清楚。不过，我们不能任凭S国的武力就这样打下去，这要伤亡多少人哪。这些国家既然已经知道了外星人的到来，他们为什么不与外星人联系一下呢？"

史翠珊说："大概是因为打仗，把事情耽搁下来了吧。"

雅克说："我们应该告诉这些国家，S国的武器是外星人提供的，大家应该马上停止战争，与古贝朗人结盟。如果古贝朗人说了话，S 国就不会再打下去。"

史翠珊说："你说的很有道理，我们马上给各国总统、总理发电子邮件，说明情况，要地球上的人放下武器，一起跟古贝朗人讨论地球的将来。"

信件发出去了，没有任何答复。雅克问史翠珊这是为什么。

史翠珊说："也许有的国家直接与古贝朗的母舰联系了，我们不知道吧。"

雅克说："他们不给我们回信没关系，可他们自己要是联系不上怎么办？"

史翠珊说："这是个关键问题。他们不知道古贝朗人的语言，联系起来很困难。"

雅克说："我记得菲尔说过，古贝朗人来地球是因为得到了一些信息，他们破译了上面的绝大部分内容。是不是各国也要这样做呢？"

史翠珊说："这是没用的。古贝朗人之所以很快与 S 国联系上了，我想主要是菲尔起了作用。你想呀，他学会了地球语言之后，曾与 S 国有过接触。S 国的人找他，他肯定不会拒绝，所以 S 国和赛斯长老才有了协议。"

雅克皱着眉说："早知道这样，就不让菲尔学我们的语言了，这下可好，好心办了坏事。不如我们去问菲尔，他怎么帮助 S 国的，然后我们再告诉别的国家。"

史翠珊叹口气，说："菲尔虽然是我们的朋友，可是他

也是古贝朗人，他有他的责任。他要是不说，我们也没办法。"

雅克说："那我们也得问问菲尔，如果他有办法让各国之间停止战争那该多好。"

他们正说到这儿，菲尔恰巧就回来了。菲尔现在经常上街购物，他对地球上的食物特感兴趣。现在的被 S 国占领的 M 国，已经可以经常看到古贝朗人，刚开始，人们的目光是好奇的、挑衅的、敌视的，可时间一长，人们也就漠然了。

"菲尔，"雅克叫住了提着东西的菲尔，"你说，地球上的各个国家有和你们联合的可能吗？如果有，你能不能帮助他们实现这个愿望？"

菲尔说："赛斯长老并没有给我什么指示，可我觉得赛斯长老好像对这个问题并不感兴趣，否则他就不会怂恿 S 国的侵略行为。"

雅克说："可这样打下去，会有很大的伤亡。我想，你一定不希望看到这样的结果。"

菲尔说："是的。可我怎么帮助你们呢？"

史翠珊说："我想，做为外星人，你的话是有说服力的。如果由你出面，可能会引起他们的重视。还有，如果他们知道 S 国的武器是古贝朗人提供的，这些国家肯定会立刻和你联系。"

菲尔想了一想，说："好吧，作为朋友，我帮你们。"

　　菲尔的电子邮件果然起了作用，各个国家纷纷给他回信，都说愿意与外星人讨论合作事宜。

　　雅克高兴极了，看来，这次他真的做了一件大事。

　　菲尔再一次用自己的飞船载着雅克和史翠珊离开了地面。

　　古贝朗的母舰上，雅克对赛斯长老说："赛斯长老，您看，这是我们各个国家的信件。"说着，把那些信件送给赛斯长老。他又说："我们地球各国愿意一起走向和平，并与古贝朗人建立良好的外交关系。"

　　赛斯长老说："好的，我也一直希望能与地球人和平共处。"

　　雅克说："这些国家都说了，如何与他们联系，由您决定。"

　　赛斯长老看了看雅克说："是这样吗？菲尔不是已经在联系了吗？"雅克眨着眼睛看着他，不知道这是什么意思。

　　赛斯长老说："事情的经过我已经知道了，我不喜欢被人指挥。"

　　史翠珊忙说："请您别误会，我们也是万不得已，决不是在指挥您。地球人如果再打下去，后果是不堪设想的。"

　　赛斯长老说："可你们也该尊敬我，我是古贝朗的长老。"

　　雅克说："如果有什么不对，您就责罚我吧，与菲尔和史翠珊没关系。"

赛斯长老说："你倒敢作敢当。看在你为地球人着想的份儿上，这次我就不追究了。"

雅克说："谢谢长老。"

赛斯长老对菲尔说："就由你来联系好了。"他看了看雅克和史翠珊又说："既然你们这样热心这件事，你们也可以见证一下古贝朗人与所有地球人的谈判。"事情就这样定了下来。

地球上所有国家的代表和古贝朗的长老，第一次坐到了一起，共同讨论地球的未来，雅克和史翠珊也被邀请参加了。

雅克很激动，自己居然走进了地球的历史舞台。

会议开始前，各个国家的代表都与赛斯长老进行了私人谈话，他们都希望赛斯长老能站在自己的一边。赛斯长老说他还是很公正的，所有的地球人都是他的朋友。

可是S国不同意和解计划，他们固执地不愿意放弃已经夺取了的土地。终于，在赛斯长老的压力下，他们同意归还已经占领的其他国家的土地，并在赛斯长老的建议下，成立了地球联合政府。

鉴于贝克一家人和史翠珊对地球人和解的贡献，几乎所有的代表都向赛斯长老建议，应该授予雅克、史翠珊、贝克和翠丝联合政府和平奖。赛斯长老说这是一个很好的建议，还说除此之外，还应该任命雅克和史翠珊，为地球人驻古贝朗盖伊号母舰的大使。赛斯长老的建议得到了大家的认同，都说这样最好。直到这时雅克他们才知道，原来古贝朗的母舰叫做盖伊号。

几个月过去了，地球的未来似乎十分美好，人们不再争夺地球那有限的资源，转而向外太空寻求发展。

地球人尽管已经到达了天王星，但在古贝朗人的眼里，地球人的航天技术还很幼稚，还停留在利用反作用力驱动飞船前进的基础上，每次飞船进行星际航行，都要携带很多燃料，这样飞船就无法从外太空带回太多的资源。

古贝朗人向地球人公开了他们进行宇宙航行的秘密。

原来，每条古贝朗飞船都有一个核心。这个核心十分坚固，是由太空高效能的合成材料制成。古贝朗有一种在空间缝隙存在的一种被称为切克的物质。由于在空间缝隙，能量是不连续的，所以在空间缝隙之中能聚集大量的能量。而这种能量随着空间缝隙能量的涨落还可以不断地聚集，切克具有吸收并储存这种能量的作用。

在飞船坚固的太空高效能合成材料核心之外，附带着一定量的切克物质，可以让飞船的核心持续处在能量积累状态，这样，太空高效能材料核心就可以制造一个稳定的切克的力场，在需要的时候，可以运用切克的力量来割裂空间，以产生空间的扭曲，进而推动飞船的运行。这样，在空间扭曲的作用下，飞船可以高速运行。飞船的部件不被这个核心毁坏，是因为飞船在运行时，飞船的全体都处在能量保护的状态下。换句话说，他们的功能已经和普通

时空中的物质不一样了。

　　地球人开始按古贝朗人提供的材料，改造飞船的核心来进行星际航行。一船船地球急需的物质从太阳系其他星球运送到地球。人们被地球少有的祥和而振奋，有人还设想了到遥远的古贝朗星球的旅游项目。地球人高兴了，有了外星人的帮助，地球就可以安定了。

　　这天，雅克和史翠珊乘坐飞船到地球的另一个地方去。看着蔚蓝色的地球，雅克说："史翠珊，知道吗，我可没想到自己会在地球的轨道上，绕着地球转。"

　　史翠珊笑了，说："我也是。"

　　雅克又说："我现在才相信，我们真的迈进了太空时代。"

　　史翠珊说："是的，如果不是古贝朗人帮助了我们，地球现在还不知道是什么样子。"

　　雅克问："赛斯长老他们好像总在忙。"

　　史翠珊说："他们在考察地球的历史，地球上所有的博物馆，几乎都留下了他们的脚印。他们希望找到古贝朗人与地球人同源的答案。"

　　雅克说："古贝朗的科学家，已经认定古贝朗人和地球人是相同的了吗？"

　　史翠珊说："是的，因为我们都拥有相似的 DNA。"

　　雅克说："可我们还有不相同的地方，他们有翅膀，而我们没有。"

史翠珊说："也可能是因为进化的原因吧。"

雅克疑惑地说："我还是感到奇怪。在进化的过程中，总是由简单到复杂，由低级到高级，被进化掉的一般都是没用的东西。可翅膀是多么有用的东西呀，怎么会被进化掉的呢？"

史翠珊说："也许我们的祖先是因为发生了什么变异，才没了翅膀的吧。"

雅克摇摇头说："可地球人类的祖先分布那么广，怎么会都发生了变异？"

史翠珊说："这也不奇怪，做为地球人类的老祖先，类人猿都有自己的尾巴，可现在所有的地球人不是都没尾巴吗？按你的说法，总该还有留下的吧。"

雅克想了想说："你说的虽然有道理，但翅膀和尾巴还是不同。翅膀还是不应该被进化掉。"

史翠珊说："人类进化的路程太漫长了，其中的好些事真是很难说清楚。有些已经有了答案的事，但由于古贝朗人的出现，好像又有了问题。"

雅克说："是呀，我一直以为天使是传说，原来长一双翅膀并不困难。现在都不用幻想了，古贝朗人就长着翅膀。"

史翠珊笑了，说："是这样的。"

他们正说得起劲，雅克忽然看到了远处有一个巨大的飞行物。雅克愣了一下，大叫着："看，史翠珊，那是什

么?"

史翠珊回头看着说:"好像也是一艘飞船。"

雅克点点头,肯定地说:"是一艘飞船,好像跟赛斯长老的母舰很相像。"

史翠珊也说:"没错,真的很像。古贝朗人为什么又派来了一艘飞船?"

二人都觉得很奇怪,决定返回去问菲尔。

"菲尔!"雅克看到菲尔就说,"你猜我看到什么了?"

菲尔问:"你看到什么了?"

雅克说:"我看到和盖伊号一样的飞船了。"

菲尔皱皱眉,说:"终于来了。"

雅克问:"怎么,有什么地方不对吗?"

菲尔问:"雅克,你看到了几艘飞船?"

雅克说:"一艘。"

菲尔说:"一艘还不至于出什么大问题。"

雅克问:"菲尔,出什么问题?"

菲尔叹口气说:"你想想,如果有大批的古贝朗人来到地球,会是什么结局?"

雅克说:"大批的古贝朗人到地球来?不会是想占领地球吧?"

菲尔看了看他们,什么也没说。

雅克和史翠珊同时惊讶地大叫起来:"什么!古贝朗人真的想吞并地球?"

菲尔说："不，不是古贝朗人，是古贝朗的法老。"

史翠珊气愤地说："你们的法老怎么这样贪心，自己的周围有那么多的星球了，为什么还要占领我们地球呢？"

菲尔摇摇头，说："我们的法老希望全宇宙都属于他。现在他已经具备了吞并地球的实力，怎么会放弃？"

雅克很生气，他对菲尔说："赛斯长老说要与地球人和平共处，现在才知道这是他欺骗地球人的谎言。可做为一个长老怎么也能说谎呢？"

菲尔不知道该怎么回答，只好尴尬地看着他们。

晚上，电视的屏幕上，出现了一位新的古贝朗的使者：加特长老。他说他是代表他们的法老来慰问地球人的。电视上还转播了加特长老，与地球人代表共进晚餐的镜头。一切看起来很祥和，地球人并没感觉有什么异常。

雅克和史翠珊有上盖伊号母舰的特权，他们想当面向赛斯长老问个清楚。他们到了盖伊号母舰时，迎接他们的亚沙告诉雅克和史翠珊，说赛斯长老和加特长老正在争论什么问题，不知道什么时候才能结束。

雅克很想知道赛斯长老他们在争论着的问题，是不是和地球有关，就和史翠珊耐心地等待下去。

他们终于见到了赛斯长老。赛斯长老对他们很热情，还说了很多客气的话。

雅克说："我们见到了另一艘你们的飞船，他们是有什么新的任务吗？"

赛斯长老说："你们是在电视上看到的吧？那是我们的法老派来慰问你们地球人的飞船，顺便带些我们急需的东西。怎么，你们听到了什么吗？"

雅克看了看史翠珊，他不想给菲尔带来麻烦，就说："没什么，我们只是好奇。"

史翠珊说："不会是有什么别的问题吧？"

赛斯长老犹豫了一下说："怎么会呢？"

雅克和史翠珊不好再问下去，他们希望事情像赛斯长老说的那样，真的不会有什么别的问题。

七、地球来了入侵者

然而，问题来了。

十天后，地球上空来了十多艘大型飞船，据说是古贝朗星的将军贝特利带领的。

古贝朗星来这么多的飞船干什么？地球人都在寻找答案。

答案很快就出来了，古贝朗人要求地球人全部服从古贝朗星的法老：埃加德。

地球人当然不会同意，战争爆发了。

战争的导火索是古贝朗星的飞船，袭击了一艘地球联合政府的运载矿物的飞船。这艘地球联合政府的飞船，同时还在执行一项另外的任务，那就是，研究地球人在木星生存的可能性。在遭袭击之后，飞船上所有的人员下落不明。

地球联合政府作出决定，地球人联合起来，反对外星

人的占领。他们出动了上万架高空战斗机，要把古贝朗人挡在地球大气层之外，阻止古贝朗人在地球登陆。

古贝朗人也出动了数千架战斗机，双方在距离地表几十公里的地方激战起来。

战斗十分惨烈。尽管古贝朗人有着科技上的优势，但由于地球人的机智勇猛，他们在这次战役中没有占太多的便宜。

雅克和史翠珊他们无法靠近观察双方的战斗，雅克很着急，希望自己能帮上什么忙。

在克劳德的家里，雅克问菲尔："为什么古贝朗人和地球人不能友好相处呢？"

菲尔说："我们的法老知道了你们地球人的存在后，就一直在考虑吞并的问题。他给赛斯长老的指示就是：与地球人结盟，在可能的条件下吞并地球。而赛斯长老通过与地球人的接触，开始同情地球人，并在科技方面给予了地球人很大的帮助。可是，加特长老带来了法老的秘密旨意，说现在吞并地球的时机已经成熟，任命贝特利将军实施占领计划。"

雅克说："可这样打下去对谁都没好处。菲尔，能不能再帮我一次？送我上盖伊号，我有话跟赛斯长老说。"

菲尔摇摇头说："不行，这是战争非常时期，非常危险。况且加特长老现在也在飞船上。"

雅克说："那就更好了，我也有话向加特长老说。"

翠丝拉住雅克说："雅克，你不能去，如果你有了意外，我们怎么办？"

雅克说："妈妈，地球陷入了危险，我不能不管。"

翠丝说："可你是我们的儿子，我不能让你有危险。"

雅克说："可我也是地球人。为了地球人的安全，需要我做什么我都会去做的。"

贝克在旁边说："让他去吧，这是他的责任。"

史翠珊走过来说："雅克，我也跟你一起去。"

菲尔点点头说："地球人有时真让人感动。"

雅克说："那你是答应了？"

菲尔说："是的。"

菲尔的飞船出发了，雅克看着窗外的天空，心想："这也许是我最后一次旅行了。"

飞船终于到了盖伊号上，雅克和史翠珊见到了赛斯长老，也见到了加特长老。

雅克说："尊敬的赛斯长老，尊敬的加特长老，你们想想看，你们的星球距离地球足足有数十万光年之遥，你们统治地球对你们有什么好处呢？再说，地球人从来就有抗拒外侮的传统，你们是无法征服地球的。"

加特长老并没回答雅克的问话，而是说："哈哈，自动送上门来的两个地球人。好吧，赛斯，你回古贝朗星时把他们也带上吧，我们的法老埃加德陛下会很高兴的。"

雅克说："加特长老，我们两个人来，已经抱了必死的

决心，不管你们怎样做，我们都不会怕的。可是，你们真能征服地球吗？"

加特长老骄傲地说："我们古贝朗人想做的事没有做不到的。我看过赛斯的报告，地球人很弱小，意志很薄弱，科技也很落后，这样的地球人正适合被我们古贝朗人统治。"

史翠珊说："这是不确切的，我们的意志并不薄弱，我们地球人也有过辉煌，埃及的金字塔，中国的万里长城……早在地球的 20 世纪，地球人的足迹就踏上了月球……"

加特长老打断了她的话说："可那只是历史，你们现在有什么？几乎枯竭的自然资源，为了生存的争斗，你们地球人还有什么能力能继续维持下去？"

史翠珊说："怎么维持下去是我们地球人的事，我们不需要你们古贝朗人来统治。"

赛斯长老说："你误会了我们的意思，其实我们是想帮助你们。"

雅克可忍不住了，指着他们大声喊起来："用你们的武力袭击地球人，这就是你们的帮助吗？你们以为用你们的超常武力就会使地球人屈服吗？你们想错了，地球人是不会甘心当奴隶的。"

加特长老说："你竟敢指责我们？这样的人不用带回古贝朗星，干脆杀掉算了。"

赛斯长老不想让事态恶化下去，赶紧对两旁带着面具的人说："还等什么，还不带他们离开。"

带着面具的人把雅克他们带到了一间屋子里，从外面把门锁上了。

史翠珊说："雅克，现在怎么办？看来我们真的是回不去了。"

雅克说："能不能回去是我们的运气。我真不该连累了你。"

史翠珊说："那有什么，我也是有了准备的。"

正说着，菲尔走了进来，他说："赛斯长老让我带你们离开这里。"说着，带着他们走出了房间。

雅克和史翠珊一齐问："是杀头吗？"

菲尔说："怎么会？"

雅克惊喜地说："那是让我们回地球吗？"

菲尔说："加特长老会放了你们？你们是去古贝朗星。"

雅克说："为什么让我们去那里？是要长期囚禁我们吗？"

菲尔说："别问了，没杀你们已经是幸运了。"

雅克说："可爸爸妈妈怎么办？他们还在等我们的消息。"

菲尔说："我已经通过无线信号告诉了他们，说你们没有生命危险。"

雅克叹着气说："菲尔，谢谢你，以后我们也许再也见

不到你的面了。"

菲尔说："不会的，我也去。"

雅克听说菲尔也去，刚才还沉重的心情顿时轻松了起来，他说："这么远的路，我们怎么去呢？"

菲尔说："当然是进行空间跳跃了。"

雅克点点头说："空间跳跃？这可是比地球先进得多的科技。"可他又说："菲尔，我还有一个问题，电磁波最快的速度只有30万公里每秒，电磁波从地球传到古贝朗，需要数十万年，你们的法老是怎么得到赛斯长老的报告的？难道你们不用电磁波传送信息吗？是不是你们也使用'超空间传感器'呢？"

菲尔说："嗯，我们用时空缝隙的共振效应传递信息。"

雅克问："我还是不太理解什么叫时空缝隙。"

菲尔说："这很好理解，比如，把时空看作四维的，因为时空会弯曲，光有达不到的地方，光无法达到的地方就是时空缝隙。"

雅克感慨地说："古贝朗人的科技确实很先进，可你们可以随便找任何一颗星球去开发，为什么要侵占地球呢？"

这时，他们已经来到了一个看起来很舒适的地方，菲尔说："飞船马上就要起航了，赛斯长老让你们和我在一起。"

史翠珊说："真不知道我们到了古贝朗星会受到什么虐待。"

雅克说："你害怕了吗？"

史翠珊说："难道你不害怕吗？"

雅克说："怎么会不害怕。但那有什么办法，我们的命运不在自己的手里。"

飞船开始轻微地震动，雅克渐渐看不清周围的东西，最后连自己也看不见了，他闭上了眼睛，一直坠入了无尽的黑暗中。当雅克以为自己要死了的时候，震动停止了，雅克的眼前又有了光明，他重新看见了史翠珊，看见了菲尔，看见了周围的一切。

菲尔说："没有什么不舒服吧？我们马上就到古贝朗星了。"

雅克从舷窗望去，他发现外面并不黑暗，空中有无数明亮的星星。

雅克惊讶地问："菲尔，为什么这里的星星这么多，这么明亮啊？"

菲尔说："恒星是本身能发出光和热的天体，这一点我想你是知道的。我们的古贝朗星球就处在格鲁星系的中心。格鲁星系有好多恒星，我们的恒星是查士托克，它虽然比地球的太阳明亮得多，但它的光芒并不能掩盖其他恒星的明亮。"

雅克好羡慕啊，地球由于污染的缘故，在最晴朗的夜晚向上看去，夜空中的星星也是有限的。

雅克从舷窗向下望去，当然，在太空中因为处于失重

雅克的历险

状态是无所谓上下的，可是，雅克习惯地把脚的方向称为
下边。在雅克的下边是一颗巨大的蓝色的星球，如果不是
雅克已有心理准备，很容易把它当成地球的。

雅克问菲尔："那就是古贝朗星吧?"

菲尔说："是的。"

雅克说："它确实和你说的一样，它比地球大多了。"

菲尔说："是的，它上面有许多地球上没有的东西，如
果你见到了，一定会喜欢的。"

半天没说话的史翠珊说："我们不会喜欢什么的。一个
没有自由的人，还能喜欢什么呢?"

听了史翠珊的话，雅克的好心情立刻消逝得无影无踪，
他想：如果不是因为当俘虏而来到这里，自己会十二分高
兴的。但作为囚犯，自己就没什么高兴的了。

这时，有两个荷枪实弹的、戴着面罩的士兵走过来，
对雅克和史翠珊说："我们的法老埃加德陛下要见你们。"

雅克立刻紧张起来，对菲尔说："菲尔，你也同我们一
起去好吗?"

菲尔无可奈何地说："我很想和你们一起去，雅克。可
那不是我的职责所在。"

雅克突然间感到很伤心，自己和史翠珊在这个陌生的
星球上，实在是太孤单了。

雅克和史翠珊被古贝朗的士兵带走了，他们见到了赛
斯长老。

赛斯长老对雅克和史翠珊说："你们马上就要见到，我们古贝朗人的最高统帅，埃加德陛下了。你们要有心理准备，千万不要得罪我们的国王陛下，他可不是一个好脾气的人，惹怒了他是不会有好结果的。还有，如果你们能让国王陛下满意，在这的生活还是有保障的。"

雅克说："我们已经是俘虏了，还有谁肯保障我们？"

赛斯长老说："可是，你们可以想办法让国王陛下满意呀，这对你们自己还是有好处的。好吧，跟我来吧。"

雅克、史翠珊和赛斯长老进入了一艘穿梭艇。

雅克很奇怪，问赛斯长老说："为什么不让盖伊号直接着陆呢？这样换来换去的多麻烦？"

赛斯长老说："每次盖伊号离开地面，都要消耗大量能源，我们古贝朗人崇尚节俭，不做不必要的浪费。"

雅克看了看赛斯长老，心想：这真是和地球人大不一样。地球上尽管资源短缺，可还有人在大搞排场。赛斯长老已经是古贝朗人的大人物了，可他还是和所有的古贝朗人一样节俭。

赛斯长老说："我们古贝朗人能保持飞速前进，是有道理的。"

雅克点点头，史翠珊也点点头，瞬间，不愉快的气氛有了些和缓。

穿梭艇滑过古贝朗的大气，雅克忽然想到了一个问题，说："赛斯长老，你们古贝朗人也呼吸氧气吧？"

赛斯长老说:"是的,那又怎么样?"

雅克说:"为什么古贝朗星球与地球的进化如此相似?甚至连大气也是以氧气为主的。"

赛斯长老说:"这也是我们一直在关注的问题。"

雅克说:"还有,我不明白,你们既然有丰富的自然资源,为什么偏偏挑选了有数十万光年之远的贫瘠的地球呢?"

赛斯长老说:"这些你问我们的国王陛下吧。"

穿梭艇终于落在了地面,落在了一个宽阔的广场上。

雅克、史翠珊走出穿梭艇,他们发现在自己的周围还停泊着数十艘穿梭艇。他们向前望去,映在他们眼前的是一群巨大的发着光的建筑。从它们那些闪光的表面看来,这应该是些黄金的屋顶。

雅克惊呆了,他从没想过还可以用黄金来做建筑材料。

赛斯长老指着前面的建筑物说:"雅克,这就是我们的皇宫。"

史翠珊也同样被眼前的一切惊呆了,她停住了脚步说:"难道古贝朗星到处都是黄金吗?怎么屋顶上都是用黄金呢?"

赛斯长老笑了说:"怎么会呢,那么重的东西会把建筑物压垮的。这是我们的合成建筑材料,它不但体轻有黄金一样的光芒,重要的是它还具有防腐、隔热的效能。"

雅克被赛斯长老的话所吸引,不禁停下了脚步。他看着这些金碧辉煌的屋顶说："这样好的东西，地球上如果也有就好了。"

士兵从背后推了他一下，催促他快走。

雅克和史翠珊跟着赛斯长老走到了皇宫门口，他们发现这里的大厅十分高大，大厅里照例是一根根金光闪闪的大柱子。他们看到里面有很多人，猜想外星人大概是在大厅内办公的。但他们并没猜对，因为赛斯长老和士兵们没停下脚步，而是带领他们继续往里走，并上了一个圆形的电梯。

当电梯停下来时，门开了，雅克和史翠珊看到这里是一个一百多平米的大厅，在他们的正前方，有一个气势辉宏的高大坐椅，椅子上坐着一个穿着金袍的，看上去实在很威严的男人。他有宽阔的肩膀，有着金色的头发，金色的眼睛，还有一对金色的翅膀，如果不是他还有一双在眨动的眼睛，谁都会以为这是一个金子铸成的人。现在，他手里拿着一根超过头顶的蓝色权杖，目光森冷地盯着进来的人们。不用说，他肯定就是古贝朗的法老：埃加德。

赛斯长老上前深深地鞠了一躬，指着雅克和史翠珊说："尊敬的埃加德陛下，地球的使者我带来了，这是雅克，她是史翠珊，他们会说我们的语言。"

埃加德法老站了起来，看了雅克一眼，举起手中的蓝色权杖对准了雅克。

权杖突然发出了金色的光芒，雅克的身体离开了地面。

雅克的历险

雅克感到身体里的力气似乎被一丝一丝地抽走，无法动弹，自己胸前还有一团金光，他甚至能从胸前的金光中看到自己的心脏。雅克想向周围看看，但他无法转动自己的头部。

埃加德法老放下了手中的权杖，权杖的光芒消失了，雅克落回了地面。史翠珊赶紧扶住他，焦急地问："怎么样，很难受吧？"

雅克摇摇头，说："还好，只是没力气。"

埃加德法老看着雅克苍白的脸色"哼"了一声，说："脆弱的生物。"他的头又转向了赛斯长老，说："你报告他们有和我们相似的基因结构，并且有相同的进化模式吗？"

赛斯长老又鞠了一躬，说："是这样的，尊敬的陛下。"

埃加德法老"哼"了一声说："难以理解。"又问赛斯长老："他们的科技水平怎么样？"

赛斯长老说："我作过报告的，水平很低。"

埃加德法老站起来看着雅克和史翠珊说："地球人真是谜一样的低级生物。住在离我们数十万光年之遥的银河系，太阳的光芒比我们的查士托克暗得多，跟我们有相似的结构，但进化水平却这么低等。"

史翠珊刚才看见他折磨雅克已经很愤怒了，但为了怕给雅克带来更大的伤害，她强忍着自己的情绪。现在见埃加德法老如此蔑视地球人，狠狠地瞪着他，用古拉丁语说："我们不是低级生物，我们是人。我们有自己的历史，我们有自己的尊严。不要以为你们有先进的科技就可以任意摆布我们，我们是不会屈服于你们的。"

埃加德法老金色的眼睛里冒出光来，他刚想说什么，又慢慢地坐下来。他定定地看了史翠珊好一会儿，点点头说："这倒是我喜欢的性格。"他转头对赛斯长老说："我还要思索一些问题，你带他们下去吧。"

雅克一直找不到机会问埃加德，他为什么会选中地球。

赛斯长老把雅克和史翠珊带到了皇宫里的另一套房间里，让他们什么都别想，先好好休息一下。赛斯长老出去了，门被从外面锁上了。

雅克和史翠珊在屋里巡视着，他们发现这是一套有着卫生设备的，很舒适很干净的房间，似乎并不是一个囚禁犯人的地方。

雅克指着右边稍大一点的房间对史翠珊说："你就住这儿好了。"

雅克敲打着四壁，发现也全都是金属材料。雅克想：如果能知道这里的成分就好了，可惜自己从不关心这方面的问题。雅克一边到处敲击，一边对史翠珊说："我们总应该想办法逃出去。"

史翠珊说："逃出去又怎么样，这离地球那么远，我们也回不了地球。"

雅克说："这我也知道，可是，我们只要能出去，总会有希望吧？不知道古贝朗飞船是怎么穿越星系的。菲尔驾驶着自己的飞船独自来到地球，这就是说，穿梭艇很可能也能穿越星际的。皇宫外面停泊着很多穿梭艇，说不定我们夺一辆，就可以回地球呢。"

史翠珊还是被雅克说笑了，她看到尽管刚才雅克受了那样的伤害，可雅克还是那么乐观。史翠珊笑着一字一句地说："那—是—不—可—能—的。"

雅克说："怎么不可能呢？我们说不定也能创造奇迹呢。"

八、好奇的俘虏

菲尔带了好些食物进来，他对雅克和史翠珊说："由于我去过地球，所以，让我来照看你们。"

雅克说："谢谢你。看见你，我的心情好多了。"

史翠珊说："带来了什么好吃的？是埃加德法老让你给我们送饭吗？"

菲尔说："不是的，是赛斯长老。我们古贝朗星和你们地球的时间不一样，他说你们肯定是饿了。"

史翠珊说："既然有这样的好心，为什么还让我们做古贝朗星的俘虏。"

菲尔说："可有些事他也无能为力。"

雅克拿起食物对菲尔说："你不吃吗？"

菲尔说："还没到我们吃饭的时间。到时候会有铃声召唤我们的。"

雅克说："你们的时间也和地球一样吗？"

菲尔说："不一样。地球自转一圈是 24 小时，古贝朗星不是这样。"

雅克问："古贝朗星自转一圈是多少时间?"

菲尔说："古贝朗星自转一圈是 73.24 小时。由于我们古贝朗星球处于格鲁星系的中心，离群星很近，所以，我们的天空比你们的天空明亮得多。就像你们看到的，虽然有查士托克的照耀，但密集的群星发出的光芒仍然是明亮的。所以我们一整天，确切点说，一天的 73.24 地球小时，全球都是白昼。"

雅克说："那就是说，你们没有白天和黑夜的概念了?"

菲尔说："是这样的。"

雅克说："那你们怎么工作? 什么时候休息?"

菲尔说："我们古贝朗星很多人是全天工作的。"

雅克惊呼着说："怪不得你们古贝朗人进化得这么快，你们从来不休息。"

史翠珊皱起眉头问："好奇怪，机器人可以不休息，你们也一样吗?"

菲尔说："是的。"

雅克说："那你们不旅游吗? 难道除了工作就没有娱乐吗?"

菲尔说："如果我不是在地球呆过，这句话我根本不会理解。是的，我们古贝朗人没有娱乐这两个字。"

雅克说："真是不能理解，你们全天干活，却没有娱乐，那你们赚的钱拿来做什么？"

菲尔说："拿你们地球人的话来说，我们实行的是供给制，我们不需要什么钱，钱对我们没有用。"

史翠珊说："难道就没有自由使用钱的地方？如果父母子女都住在一起，也是按需要分配吗？"

菲尔还没想好怎样回答，雅克追问着说："那你们男女之间的爱情怎么办？这总要花钱的。还有，自己有了子女总要买些他们喜欢的东西。"

菲尔说："我们不需要爱情。因为我们没有父母，也没有子女，确切点说，我们是被制造出来的。我们是用基因序列制造出来的。"

雅克和史翠珊都惊呆了，雅克眨着眼睛说："你是说，你们是无性繁殖？"

菲尔说："是的。"

雅克说："那你是男人还是女人？"

菲尔说："我们这里无所谓性别。"

雅克瞪大了眼睛不相信地说："还有这样的事？你是在骗我们吧，这怎么会呢？你是在开玩笑吧？"

菲尔说："我为什么拿自己开玩笑，这是真的。"

雅克说："怎么会是这样？那赛斯长老和埃加德法老也是这样吗？"

菲尔说："我不清楚皇室的内幕，不过应该也是这个样子的。"

雅克还是不相信，他说："那埃加德法老的皇位是谁传给他的？他又传给谁？难道随便找一个吗？还有，你们现在的科技非常先进，既然可以用基因制造生物，为什么就不分性别呢？还有，在你们科技没有现在这么发达前，总不能也靠无性繁殖、人工繁殖吧？"

菲尔说："我不清楚，不过我们的国家好像一直就是这个样子的。"

雅克说："什么，那你们的历史怎么写？"

菲尔说："不知道。在我去地球之前，我还不知道什么叫做历史。"

雅克这回可真的吃惊不小，心想：这是一个什么样的古贝朗星呀？怎么会连自己的历史都没有呢？没有了男女性别，没有家庭，没有娱乐，却在一天73.24小时地工作。这些基因和地球人相似的古贝朗人，难道就是为了简单的生存吗？

菲尔看着雅克不说话，就说："雅克，你怎么不说话了？是被我的话吓着了吗？"

雅克摇了摇头说："我不是被你吓着了，是很奇怪。我原来还很敬佩古贝朗人，觉得你们那么有智慧，那么幸福，可我现在觉得你们很不幸，因为你们没有自己的思想。你们没有父母，没有亲情，没有爱情，就连娱乐都没有，一天73.24小时地工作，好像就为了高科技。可高科技是为了人们能生活得更好，那你们到底为什么而活着，你们想过吗?"

菲尔摇摇头说:"我们从没想过。如果我没到过地球,我还不知道人可以那样生活。"

雅克皱了皱眉头说:"你们没有哲学家吗?就没探询过宇宙和人生的哲理?"

菲尔说:"我们好像就没想过这些问题。"

雅克忽然想到了一个惊人的结论,说:"可你是很聪明的呀,你们那么快就学会了我们的语言,你们拥有地球人无法相比的高科技,如果你们真的没有历史,那肯定是被别人洗脑了!"

菲尔愣住了,说:"谁来给我们洗脑?为什么给我们洗脑?"

雅克说:"自然是想统治你们的人了。你还记得吗?你有催眠别人的本领,可古贝朗人也有可以让人恢复记忆的科学仪器。我父母就说明了这个问题。"说到这儿,雅克忽然激动起来,他想到了自己的父母,不知道自己还能不能再见到他们。史翠珊很理解他的心情,握着他的手轻轻地拍了拍。

菲尔看着激动的雅克,不知道自己该怎样安慰他。

雅克镇定了一下自己的情绪,接着说下去:"这说明你们可以控制别人,也可以被别人控制。菲尔,你的催眠本领是跟谁学的?"

菲尔说:"是跟赛斯长老学的,他说是为了在宇宙航行

中，不至于失去大脑的平衡。在去地球前，我从没想过可以用它来催眠地球人。"

雅克说："那么埃加德法老是不知道这件事了？"

菲尔郑重地说："雅克，你提我们的陛下做什么？"

雅克说："有些秘密，只掌握在你们的国王和长老手里。就比如切克之力。"

菲尔说："是的，个人对切克之力的掌握，确实只有有皇室血统的人才能拥有的。"

雅克说："可是你说过，你们古贝朗人是用基因工程制造出来的！既然是这样，什么是高贵的血统呢？他们的基因又是谁的？既然切克之力如此奇妙，为什么不给每个古贝朗人都加上这种基因呢？"

菲尔此时的头脑很混乱，是的，如果雅克的话是对的，那所谓的高贵，只能是科学家们任意制造的。那么，为什么这种事情发生在他们的国王身上呢？

菲尔想了一想，说："也许是为了进化的需要吧，所以才给每个人不同的基因。"

雅克说："进化是指生物的变异性、遗传性和物种的起源等等，你们这是什么？"

菲尔说："那是自然的进化，我们是人工的进化。"

雅克愣住了，菲尔的话是有道理的，可这里还有什么不对的地方，到底是什么呢？

史翠珊在旁边说："你们那是创造，不是进化。就是说，你们一代接一代都是被创造出来的。人是需要工作，可人也要吃饭，也要休息。可你们可以一天工作 73.24 小时，这是人类根本做不到的。"

菲尔说："那我们是什么，是机器吗？你们地球人给人类的定义是：'人'是能制造工具使用工具的高级动物。区别人与其他生物最根本的不同点是'人'有智慧。我们古贝朗人有高于你们地球人的智慧，我们也有与你们地球人很相似的基因，我们怎么不能归为人类呢。再说，你们地球上不是也有试管婴儿吗？他们和我们又有什么不同？"

雅克哈哈笑起来，史翠珊问："雅克，你笑什么？"

雅克说："古贝朗人真是渗透到了地球的每个角落，竟然连我们地球上的试管婴儿的事都知道。"

菲尔说："我们有地球博物馆，地球上所有'高、精、尖'的资料里面都有。"

雅克笑够了，又问菲尔说："你们了解我们地球上的一切，可你们的翅膀是基因原来就有的，还是你们的科学家制造出来的呢？为什么埃加德法老是金色的，而你们的不是呢？这些问题你们清楚吗？"

菲尔想了想，摇了摇头。

雅克又说："还有，不管你是通过什么形式诞生的，总该有自己的童年、少年、青年时期吧，你记得自己都是怎样度过的吗？"

菲尔想了想，又摇了摇头。

　　史翠珊皱着眉头说："你好好想想，就没印象吗?"

　　菲尔说："是的。在我的印象中，我始终是这个样子。"

　　雅克说："看，我说得没错吧，他肯定是被洗脑了。"

　　史翠珊看着菲尔说："你想想，有谁对你做过什么?"

　　菲尔迷惑不解地说："你们的问题我回答不了，看来我应该去寻找答案。"

　　菲尔离开后，雅克对史翠珊说："古贝朗人真不大对头啊，人成长到一定年龄，就会有记忆。菲尔没有成长记忆只能说明一个问题，古贝朗人被创造出来，是为了某些人的某种目的。"

　　史翠珊说："是的，没有记忆的古贝朗人只有两个可能，一个是像你所说，被人洗了脑。还有一个可能，就是他们制造出来时就是成年人。"

　　雅克说："古贝朗人的存在使我想到了蚂蚁帝国的工蚁和兵蚁。它们的生存就是为了工作、战斗。"

　　史翠珊说："等等，雅克，我好像知道问题的症结了。就是说，古贝朗星有了生存危机。为了化解生存危机，才有了像菲尔一样的古贝朗人。这些古贝朗人遵从埃加德法老的指挥，工作，战斗，直到死亡。"

　　雅克说："古贝朗人怎么会有生存危机呢? 他们甚至可以利用 DNA 制造生命，如果资源枯竭了，他们还有力量殖民其他星球，他们能有什么危机呢?"

　　史翠珊说："问题就在这儿，我们不知道他们有什么危机，否则或许我们会帮助他们。我记得曾有人说过，战争只是为了转嫁经济危机。活不下去的话，战争是求得生存的好办法。"

雅克看着史翠珊说："古贝朗帝国内部存在着危机？"

史翠珊说："是的。"

不知不觉间房间里慢慢地暗了下来，雅克打了个哈欠说："真想睡觉了。菲尔不是说他们这儿没有黑夜吗，可屋子里怎么黑了？难道这又是古贝朗人的杰作？"

史翠珊也打了个哈欠，她说："想睡就睡吧，管它是谁的杰作呢。"

雅克和史翠珊在各自的房间睡下了，里面的床铺很柔软，让他们感到很舒适，不一会儿的工夫，两个人就都睡着了。

两个人睡得香甜极了，如果不是菲尔端着食物推醒了他们，他们还不知道要睡多久。菲尔说："睡得好吗？该吃东西了。"

雅克揉了揉眼睛说："舒服极了，真想再睡下去。菲尔，这样模拟地球时间的做法，是你想到的吗？"

菲尔笑了说："是我提议的。我查看了来自地球的资料，全天都明亮的环境不适合你们，如果没有夜晚褪黑素物质的分泌，会降低你们的免疫力。为了你们的健康，屋子内部仍然模拟地球的世界，每 24 小时算一天，而且有明有暗。"

雅克说："谢谢你为我们想得这样周到。"

史翠珊看着窗外的金属飞船和高大的植物说："如果能到外面走走该有多好。"

菲尔说："那你们就快点吃吧。"

雅克说："怎么，我们可以出去吗？"

菲尔点点头说："当然可以。"

雅克和史翠珊高兴了，他们狼吞虎咽地吃了点东西，就催着菲尔带他们出去。

刚刚走出皇宫外面的大门，雅克突然感到自己的双腿有些沉重，似乎连迈步都困难。雅克吃惊地大叫，不知自己是怎么了。菲尔扶起他，对他说："这是因为我们古贝朗星比地球大上数十倍，重力加速度比地球也大得多的缘故，你很快会习惯的。"

雅克说："就是说我得花上数倍的力量才能走路吗？"

菲尔说："怎么会呢，习惯就好了。"

雅克想了又想，说："可是我在皇宫里和飞船上怎么感觉不到呢？"

菲尔说："那里有我们释放的反重力场，你当然会感觉不大明显。在太空中，我们为了身体的平衡，释放的力场是把人拉向船体的。在地表，我们为了舒适，释放的力场是综合重力的。"

雅克说："原来是这样。其实我们地球人在很早的时候就提出了万有引力。你们知道牛顿吗？"

菲尔看着他说："知道。他不是地球上著名的科学家吗？"

雅克自豪地说："是的，牛顿提出了物体之间相互具有吸引的力量的理论，你们古贝朗人是怎么看待这种吸引力的？"

菲尔说："我们古贝朗星和地球不一样，所以对这个问题我们有自己的看法。"

雅克说："是吗？"

雅克向周围看了一眼，突然看到了一棵从任何角度看去，都是圆形的奇怪的植物，他好奇地说："那是植物吗？为什么上面没有片状的叶子？"

菲尔说："是克罗树，它为这个星球制造氧气。"

雅克说："长得样子太奇怪了，它是古贝朗星原来就有的，还是用 DNA 制造出来的？"

菲尔说："不，古贝朗上的植物都是自然生长出来的。"

雅克说："你们不研究植物吗？"

菲尔说："我们的科学家也对植物的遗传作研究。"

这时，有一个古贝朗人走过来对菲尔说："菲尔，陛下召见您。"

菲尔对雅克和史翠珊说："好的，我先去皇宫一下，你们自己慢慢看吧。"

菲尔离开了，雅克问史翠珊说："你看，他们会不会监视我们的一举一动？"

史翠珊说："我想是的，对于他们的科技而言，是轻而易举的。"

雅克沮丧极了，说："难道我们就在古贝朗呆一辈子吗？"

史翠珊说："那怎么办？古贝朗人控制了地球，我们就是回去也会被抓起来。"

雅克坚定地说："我们总应该想个办法。如果就这样活着还有什么意义。"

看着雅克那坚定的面庞，史翠珊感觉到雅克是一个非常有思想的人。她正想说什么，就看见菲尔从远处走过来。

菲尔看着他们笑着说："雅克、史翠珊，埃加德法老陛下问你们在这里还好吗？"

史翠珊笑了说："你是怎么说的？"

菲尔说："我说很好，说你们要我谢谢埃加德法老。"

史翠珊说："菲尔，回答得不错。"

菲尔说："这样的话我还是会说的。"

雅克在旁边突然问："菲尔，我们在这里一举一动都被监视了，是不是？"

菲尔说："怎么会呢？你们是自由的。"

雅克说："那么说，我们愿意去任何地方都可以了？"

菲尔说："是的。"

雅克说："那你想办法让我们逃走吧。"

菲尔向四下里看了看，忙说："快打消这个念头，这是不可以的。"

雅克追问着："为什么不可以？"

菲尔紧张地说："别问了，我不能告诉你。"

看着他为难的样子，史翠珊转移了话题，她指着克罗树问："菲尔，克罗树的果实可以吃吗？"

菲尔说："可以的，这个星球生长的东西都可以吃。"

史翠珊说："是吗？你们这儿就没有有毒的水果、菌类吗？"

菲尔说："没有。"

史翠珊说："那有毒的水果、菌类都被你们淘汰了？"

菲尔说："不是淘汰，是没有。"

史翠珊说："好奇怪呀，竟会有这样的事。"

雅克向上看了看说："菲尔，我们可以到天上去吗？从上面看地面，一定很有意思。"

菲尔说："怎么不可以。如果你们有兴趣，现在就可以去。"

雅克看了看史翠珊说："你想去吗？"史翠珊点了点头。

九、古贝朗星的科学家

　　菲尔开出了一架圆形的飞行器。

　　雅克问："菲尔，你们的飞行器都没有机翼?"

　　菲尔说："我们的飞行器大都采用这种设计。我们没有石油。"

　　雅克说："这样的设计很科学，不但减少阻力还会提高速度。"

　　菲尔说："你们地球上就从来没有?"

　　雅克说："没有。"

　　菲尔说："什么意思?"

　　雅克说："因为这种圆形的飞行器需要很高的科技水平，我们还达不到。哎，对了，你刚刚说你们没有石油?"

　　菲尔说："是呀，有什么奇怪吗? "

　　雅克说："难道你们一开始就使用先进的能源吗? 这是不可能的，总该有什么煤呀石油之类的东西。"

菲尔说:"你是指埋在地下的东西?"

雅克说:"是呀,难道你们就没发掘过地下的东西吗?"

菲尔说:"我们从来就不在地下挖掘什么东西。我们的能源都是由氢提炼的。"

雅克恍然大悟,他说:"怪不得呢,你们不挖掘地下的化石,怎么能知道自己的进化历程呢。"

菲尔笑了,说:"挖到地下的化石就知道了?"

雅克说:"当然了,那是物证嘛。"

史翠珊问:"你们就从没用过水力、热力发电?"

菲尔说:"我们采用切克作为能量。"

雅克问:"你不是说你们没有娱乐吗?可我们的屋子里,为什么有类似电视机、收音机之类的东西?"

菲尔说:"那是用来发布消息的。"

雅克说:"这么好的设备只用来发布消息,真是浪费呀。"

菲尔说:"可我们没有娱乐。"

雅克说:"在你们远古的历史中,难道没有巫师、祭司什么的吗?总该有点音乐什么的吧?"

菲尔说:"我们没有远古历史,我说过的,我们是被创造出来的。"

雅克说:"真是奇怪的国家。"

飞行器起飞了,很平稳。雅克忽然又想到了一个问题,问菲尔说:"你们在地球的 20 世纪曾去过地球吗?"

菲尔说:"没有,你问这个干吗?我说过的,我们是在不久以前才得到来自地球的信息的。"

雅克说:"我们那时曾经发现过有外星文明,有不明飞行物,我们称之为飞碟。"

菲尔说:"可能是其他的外星人,这并不奇怪。"

飞行器离地面很高了,这时,雅克才注意到脚下是一个巨大的城市。在皇宫周围有一群建筑物,还有长着翅膀的人走来走去。下面的道路上还有像飞一样快的东西,尽管跟地球人的车辆不一样,但雅克想,那肯定就是古贝朗人的汽车了。

雅克心中突然有了一个想法,如果能想法把这样的车开一辆回地球去,那人们惊讶得没准儿眼珠子都会掉下来。想着那样的情景,他不禁笑起来。

皇宫里,埃加德法老正从墙上的隐形大屏幕上,看着雅克和史翠珊的一举一动。看到雅克笑了,他也笑了。他说:"有趣极了,看来我们的客人很开心,他们会安心地住下去了。"他又回头对赛斯长老说:"刚才他们说曾看见过外星人的飞行器,这是怎么回事?"

赛斯长老说:"是的,埃加德陛下,还有其他外星人对地球人感兴趣。请问,您对地球上的什么东西感兴趣呢?"

埃加德法老说:"是地球人类,我想知道他们为什么跟我们有相似的基因序列。"

赛斯长老说:"这确实是个很有兴趣的问题,陛下。"

飞行器上，雅克问菲尔说："你们古贝朗人都知道我和史翠珊的事吗？"

菲尔说："不知道。国王的命令是秘密下达的。"

雅克说："那地球呢？"

菲尔说："也不知道。因为我并没说你们来自什么地方。"

一直没说话的史翠珊听了心中一动，如果能不被人注意，行动起来就自由了，这可是件好事。她不由得看了雅克一下，她看见雅克也在看着她笑。

飞船又驶回皇宫的前面，雅克和史翠珊他们走下飞船时，看见埃加德法老正站在皇宫门口。

雅克和史翠珊一起走过去说："陛下您好。"

埃加德法老点了点头，说："如果有兴趣，我请你们参观我们的科学实验室。"

雅克很高兴，虽然作为俘虏很屈辱，但听到"请"字，又是参观古贝朗人的实验室，他还是很兴奋的。

他们又上了一艘飞船，只是，这个飞船要大得多，从飞船里面辉煌的陈设来看，这是埃加德法老的专属飞船。

飞船迅速升空，又迅速下降，当离地面还有几百米时，雅克从舷窗看到一群有很多尖顶的建筑物，它们在查士托克和群星的照耀下，熠熠闪光。雅克这时才注意到，在古贝朗的白昼里，真的也能看到星星，这大概就是菲尔说过的古贝朗星位于格鲁星系中心的缘故吧。

雅克忽然想到了一个问题，对史翠珊说："我们地球人好像没有发现格鲁星系，那是怎么回事？"

史翠珊说："可能被蟹状星云挡住了。"

雅克说："宇宙真大呀，看来还有许许多多的星系是我们地球人不知道的。"

飞船快落到地面了，他们看到这些有金属屋顶的建筑物里不断有人进出。他们很兴奋，因为竟能看到有这么多的长翅膀的古贝朗人。

飞船落了地，平稳得让雅克他们几乎感觉不到任何震动。

雅克和史翠珊跟在埃加德法老的后面走了出去，踏上了一级级的台阶。

雅克悄声对史翠珊说："我一直以为古贝朗星这么先进，应该有自动传送阶梯什么的，原来也需要普通的阶梯呀。"

史翠珊说："普通阶梯是不需要能源的永久建筑，任何地方都少不了。就算会飞，走几步阶梯，也比飞起来省劲。"

雅克说："是的。"

几个古贝朗人迎了出来，雅克想：如果所料不错，他们应该是一些老科学家。

果然，埃加德法老对雅克和史翠珊说："这是琴斯，是我们的放射学专家。那是特伯，是我们的仿生学专家。还有那是哈特，是我们的爆炸学专家。那是雷戈，是我们的黑洞专家。那是弗特，是我们的 DNA 专家。"

雅克想：真像菲尔所说，他们没有历史学家。

五个科学家引领着埃加德法老和雅克他们往里走，上了一个电梯，停在了一个楼层。他们走到一个房间前面，雅克抬头看了一下，上面写了好些字，但雅克看不懂。

史翠珊料到雅克看不懂，就说："是 916 号。"

雅克点点头，说："原来古贝朗人的数字是这样的。"

雅克在地球上并没有接触过太多的科学仪器，他好奇地看着房间里的古贝朗人的科学设备。

埃加德法老对雅克说："这是琴斯的实验室，你们想看什么就看吧。有什么问题你们就问琴斯。克乐，你来负责照顾他们，我还有事。"说完，指了旁边的一个古贝朗人一下，就走了。

雅克看了一眼那个叫克乐的古贝朗人想：什么照顾我们？还不是要监视我们。但他已经不在意这些了，一个望远镜似的东西吸引了他的注意，他问琴斯说："这是什么？"

琴斯在旁边说："是监测设备，可以检测放射粒子的浓度。"

雅克问："可是，放射粒子是不会反光的，你们怎样检测呢？"

琴斯说："当粒子穿越真空时，会有射线发出，射线可以改变周围的场，我们检测的是射线的强度和场的变化。"

雅克问："那是相当敏感的仪器是吗？"

琴斯说："是的，精确才能保护我们的飞船，在进行空间跳跃时，不至于出错。"

雅克说："我们地球如果也能达到古贝朗人的技术就好了。"

史翠珊点点头说："是啊，那我们就可以不被占领，我们也不会被带到这里了。"

雅克又指着一台仪器问："这是放射源吗？"

琴斯说："是的，我们把物质的放射同位素放在这里。"

雅克边看着这些仪器，边想：如果能把这些东西都弄回地球该有多好。

克乐带他们把所有的东西都看过了，对他们说："我带你们去看特伯的实验室。"

特伯的实验室在旁边另外的一座楼上。雅克很奇怪古贝朗人的建筑其实也和地球人一样，尽管外观形式多样，但里面也是方方正正的。

在来古贝朗星之前，雅克曾认为，古贝朗人的居住的地方，应该是先进的树屋，因为他们有翅膀。在巨大无比的树之上，无数像鸟巢一样的树屋，给古贝朗人提供了舒适的居住环境。换句话说，这些树屋应该是智能的，让古贝朗人出入很方便。总而言之，古贝朗人的屋子应该是圆形的，古贝朗人是长翅膀的，自然住处是圆的了。现在雅克看到了这些和地球相似的建筑，他知道自己忽略了最重要的一点，那就是，方形的屋子建造起来比较方便容易些，而且，密集建造的条件下，方形建筑更节省材料。

特伯的实验室占据了这座楼的整个顶层，这里比琴斯的实验室不知要大多少，而且，是穹顶的。里面有各种各样的植物，还有一些关在笼子里的动物。雅克想：不论是地球还是古贝朗星，所有的动物都是一样的，即使是科技高度发达的古贝朗人，也无法与动物进行交流。否则，动物就不会被关在笼子里了。

特伯介绍："这只是我的实验室的一小部分，在室外，还有广袤的大地和天空，依然是我的实验场所。"

雅克问："特伯，你每天都做些什么呢？"

特伯说："和你们地球人进行一样的工作。"

雅克说："你们也对仿生学感兴趣吗？"

特伯说："是的。通过对除人类以外的其他生物的研究，找出它们优于人类的地方，然后进行模仿，学习。我们甚至可以抽出它们的基因加入下一代人类的基因当中。我们可以让人类像蜥蜴一样善于爬行，也可以让人类有在深海生存的本领。"

雅克突然明白了，他想：大概古贝朗人的翅膀就是这种研究的杰作了，我们地球人想飞的愿望，你们古贝朗人已经做到了。

史翠珊问："你们古贝朗人的翅膀，就是在人类的基因里，加入了鸟类的基因的结果吗？"

特伯愣了一下，说："谁说的？我们可没做这方面的研究。"

雅克说："那你们为什么有翅膀？而且你刚才也说了，可以让人像蜥蜴一样的爬行，可以让人有在深海里生存的本领，不就是这个意思吗？"

特伯想了一下，说："我并不否认意思是这样，但你们说的问题，我们确实没有进行过研究。"

雅克说："地球上有一个非常突出的学者，名字叫做达尔文，他提出了人类的进化论。你们科学这么发达，就没有研究过人类是如何来到这个世界的吗？"

特伯说："人类是由基因造出来的，这一点我们已经研究得很明白了。"

雅克说："你不觉得这个问题很奇怪吗？你说人类是基因造出来的，可是谁造出基因的呢？总不会是基因造基因，基因又造了人类吧？"雅克看了一眼特伯又说："我们地球人有男有女，是自然繁衍的，你不觉得你们所说的基因造人类，存在着不可解释的弊病吗？还有，基因必须靠仪器、设备才能造出人类，可你们的仪器、设备是从什么时候就有的呢？总不会是从宇宙开始存在就有的吧？"

雅克的问题提得太尖锐了，特伯目瞪口呆不知如何回答他。

雅克又转头对史翠珊说："古贝朗人禁止进行这方面的研究，这里不是藏有秘密吗？"

史翠珊看着特伯和克乐尴尬的神情，示意雅克别再说下去了。

雅克耸了下肩，满不在乎地说："反正已经是囚徒了，说不说都一样。"

克乐说："这里就看到这儿吧，我们再去看看哈特的实验室。"

哈特的实验室也很大，雅克在里面看到了一个密闭的装置。雅克想：既然哈特是研究爆炸的专家，那这个东西就应该是研究爆炸的装置吧？想到这儿，他问哈特说："你就是用它作研究吗？"

哈特说："是的。"

雅克说："那你研究爆炸的是什么呢？该不是核聚变，核裂变，核能什么的吧？"

哈特说："你说对了，核能是我研究的一个范畴，但我主要研究反物质。我知道你们地球人早就开始使用核能了，甚至把它用在航天航空的事业上，但是你们研究过反物质吗？"

雅克说："我们对反物质的研究还只停留在实验阶段，并且，我们对反物质也没有直观的认识。反物质爆炸的威力很大是不是？"

哈特说："我现在就在研究反物质的作用，已经快有结果了。是的，反物质武器威力很大，甚至可以摧毁一个星球。"

雅克说："你是说已经快有结果了吗？那你用什么东西来存放反物质呢？"

哈特说："反物质与物质的作用是近距离的作用，当然，这种所谓的近距离不是通常意义上的近，而是以中子、质子直径的距离为单位的近。所以，我们可以创造出反物质之后，再用超导体制造出一个旋转的电磁场，让反物质在其中悬浮，这样，可以阻止反物质与正物质相碰，进而使得有可控的反物质与正物质的反应。"

雅克摇摇头说："你说的问题太深奥，我只是想知道你用什么存放反物质。"

哈特说："我只是在研究反物质，还没想用什么存放它们。不过，也许有连反物质与正物质的湮灭都无法拆散的力的存在？用这种物质就可以存放反物质了。"

雅克说："有比湮灭产生的能量都大的力的存在？"

哈特说："是的，这也是我的研究范畴。"

雅克说："我想不明白，你是用什么研究反物质的呢？"

哈特说："核能。其实，反物质只是核能的另一种形式，当能量在很小的空间内爆炸后，我们就可以得到新的物质，我们就可以得到反物质。"

雅克说："可是你怎么有让核爆都无法震裂的容器的存在呢？"

哈特说："你很聪明，你想到了问题的关键。事实上，这是我跟雷戈联合研究的，核爆都无法破坏的容器是存在的，那就是人工黑洞。这个问题我想你去问雷戈吧。"他已经知道了特伯的尴尬，他可不想给自己找麻烦。

在雷戈的实验室，雅克问雷戈："你可以告诉我人工黑洞是怎么一回事吗？"

雷戈说："当然可以。雅克，我先问你，你想过当有物体达到光的速度会怎么样吗？"

雅克说："没有。"

雷戈说："那么，光就无法从这个物体逃逸出去，这就是人工黑洞的原理。而达到光速的物体，就是黑洞的核心。你知道人工黑洞是怎么样的吗？那是一个新的小宇宙。还有，你看看这个。"

说着，雷戈把手指向一个特殊装置。

那是一个透明的盒子，里面的东西都是悬浮着的。雅克当然有足够的理解力认为这不是魔术，那些东西是不应该有绳子吊着的。

雅克问："这是什么？"

雷戈说："反重力场。"

雅克很惊讶，反重力他只在科幻小说上看过，想不到真有人能制造出来。那么，反重力场到底是怎么回事呢？

雷戈似乎看穿了雅克的想法，他沉吟着说："或许，把全宇宙的引力场都翻转过来，我们就能找到答案。"

雅克惊呆了，不知道为什么，他觉得这个叫雷戈的人，说的问题很可怕。他不想问下去了，拉着史翠珊说："我们

出去吧，去看弗特的实验室。"

克乐看着雅克的样子很得意，心想：这个傲慢的地球人，终于屈服于古贝朗人的文明了。

弗特是一个研究 DNA 学的学者，雅克知道他一定是个精通脱氧核糖核酸和遗传学的专家。果然，在弗特的实验室里，雅克看到了大量的化学器皿。

雅克原来以为，在古贝朗人的遗传实验室里，所有的东西都是自动的，只要古贝朗人一个指令，东西就会自动动起来，自动作实验，自动出结果。可现在看来，他们的实验室不但几乎和地球人的一样，就是里面的实验设备也和地球人的差不多。

雅克看弗特正在作着什么实验，就走过去问："弗特，你在研究什么？"

弗特并没有抬起头来，他说："我在研究地球人的基因序列。"

雅克好奇地问："你发现什么特别的了吗？"

弗特说："地球人基因序列中也有长翅膀的因素，地球人却没有长翅膀。你知道这是为什么吗？"说着，他看了雅克一眼。

雅克惊讶地说："真的吗？你敢肯定？"

弗特说："是的。"

雅克说："那为什么我们没有翅膀呢？"

弗特说："那是因为地球人的生命体内，缺少催化长翅膀的基因的物质。"

雅克问："缺少什么样的基因物质？"

弗特说："是一种蛋白质。地球人拥有制造这种蛋白质的基因序列，但为什么地球人就没有翅膀呢？我还在研究。"

雅克笑了，说："那你就不用研究了，那肯定是地球人在进化过程中，由于不需要翅膀，所以长翅膀的基因退化掉了。"

弗特感到很神奇，说："你是说，人类的成长可以不受基因而受外界环境的控制？"

雅克说："当然了，用就发达，不用就退化。也就是说，你们即使拥有翅膀，可如果不利用的话，若干世纪后，你们的后人就不会有翅膀了。"

弗特说："不受基因的控制，是不可能的。你们地球人很落后，所以持有这种观点。"

雅克不高兴了，他斜看了弗特一眼说："你这样说是不正确的，我们地球人在科技方面比你们是慢了一些，可我们在很多方面比你们先进多了。我们有思想，有追求，如果不是因为自然资源的匮乏，我们会生活得很幸福。你们古贝朗星的科技是从天上掉下来的吗？谁知道你们在未发展到现在的科技之前是什么样子的？"

弗特说："在未发展到现在的科技之前，那是什么意思？"

什么意思？雅克现在有一个愿望，希望更多的古贝朗人了解自己，了解地球。希望所有的古贝朗人都反对埃加德法老侵略地球的做法。

于是，雅克说："任何的动植物都有自己的发展历史，可你们古贝朗人连自己的历史都不知道，你不觉得奇怪吗？你们应该有自己的哲学家、历史学家，应该研究你们的历史。"

弗特好奇怪，他问："什么是哲学家，什么是历史学家？"

雅克说："你难道也不知道吗？哲学家就是研究我们应该怎样想、怎样做、应该如何看待自己和周围事物的人，这些人对科学上搞不懂的问题提出宏观的解决方案。历史学家就是研究你们的前人做了些什么事情的人。"

弗特问："什么是前人？"

雅克说："就是在时间上生活在你们之前的人。"

弗特点了点头，似乎理解了。可他又说："可我们前人做什么跟我们有什么关系呢？"

雅克说："这怎么会没关系，知道了前人做什么，你们就会知道自己做这些事情的原因了。"

弗特说："事情只要做就行了，为什么还要知道做事情的原因？"

雅克说："做事情总是有原因的，就比如你研究 DNA吧，总要知道蛋白质为什么是人体不可缺少的物质。难道你就从来没想过人与人之间应该有什么关系，宇宙间为什么会有人类生存的大问题？我们地球有伦理道德、行为规范，你们为什么就没有？"

雅克引导着弗特，希望他提出问题。

弗特果然问了，他说："什么是伦理道德、行为规范？"

雅克说："就是人与人相处的道德标准。比如在我们地球上，子女要尊敬父母，父母要爱护子女，每个人都有自己应该遵守的准则。行为规范嘛，就是说每个人的言行都应该符合社会的法则，不能做侵害别人和社会的坏事。"

弗特疑惑地说："什么叫父母子女？这又是什么问题？"

雅克在弗特的目光中发现了疑惑，他想：看来自己快成功了，自己的话显然已经让弗特开始有了兴趣。雅克刚一进入弗特的实验室时，弗特的目光是坚定的，炯炯有神的。但现在他眼睛里的疑惑，说明他开始思考问题了。

克乐看着弗特的神情，赶紧带着雅克和史翠珊回到了皇宫。在皇宫的大门前，他们恰巧又看到了埃加德法老。

埃加德法老问："怎么样？对我们古贝朗的科技有兴趣吗？"

雅克说："有的。以后你还可以让我们这样出去走走吗？"

埃加德法老笑了，说："会的。"

十、善良的古贝朗老人

　　克乐把雅克和史翠珊送回了他们的房间。雅克看克乐走远了，就向史翠珊做了个手势，让她和自己到外面去说话。但他们很失望，门是锁紧的，根本就打不开。

　　雅克生气地踢了一下门，说："什么是自由的，还不是被关在这里了。"

　　史翠珊眨眨眼睛说："鬼才相信他的话呢，你怎么就相信了？"

　　就这样过了一个多月，古贝朗人的看管渐渐地松了下来，甚至还允许雅克和史翠珊自己出入皇宫的大门。当然，雅克他们不能走得太远。

　　这期间，雅克只要见到古贝朗的科学家，就把自己关于自由的思想传达给了他们。雅克相信，自己这样做是有意义的。

　　雅克还得到了一根金属棍，这是他向埃加德法老要的，说是自己用来锻炼身体。拿到金属棍后，他还煞有介事地在埃加德法老面前做了几个武术动作，埃加德法老很感兴趣。

在他们走回自己的住处时，史翠珊说："你不会只是为了锻炼身体吧？"

雅克笑笑说："你说呢？"

史翠珊看着雅克，摇摇头，笑了。

这天，雅克正在屋子里舞动金属棍，菲尔又给他们送食物来了。

雅克指着外面的穿梭艇说："菲尔，你就是乘着这样的穿梭艇去地球的吗？"

菲尔说："你还是想逃跑吗？"

雅克说："谁会甘心永远被关在这儿。"

菲尔说："可你们是逃不掉的，不是任何的穿梭艇都能到达地球。"

雅克说："那你就帮我们弄一艘，可以到达地球的穿梭艇好吗？"

菲尔说："没有埃加德法老的命令，谁也没有权力碰它们。"

雅克失望了，他看着史翠珊说："看来，我是真的再也见不到我的父母了。"

日子就这样一天天过去，雅克和史翠珊无聊地打发着时间。他们现在唯一的乐趣，是希望菲尔快点给他们送食

物来，不管怎么说，菲尔的到来，也能给苦闷的他们带来点快乐。

这又是一个雅克和史翠珊的清晨，他们刚刚起床还没来得及收拾好自己的房间，就见菲尔提着东西走进来。

史翠珊看他的样子有些慌张，就问："菲尔，发生了什么事吗？"

菲尔说："没有。"说着，放下东西就向卫生间走去。

雅克觉得有什么不对头，菲尔肯定是有事，因为菲尔从来没有上过他们的卫生间。果然，他看见菲尔在卫生间的门前向自己使眼色。

雅克很机灵，他装作若无其事的样子对史翠珊说："菲尔是肚子不舒服了，我去看看。"

卫生间里，菲尔说："雅克，不好了，我刚刚偷听到埃加德法老他们的谈话，他们要弗特尽快开始对你们俩身体结构的研究。"

雅克说："什么？是要我们做人体标本吗？"

菲尔说："具体怎么做，我就不清楚了。他们还说，要利用地球丰富的人类资源作基因研究，利用地球做基因库，说要在地球上培养出可以在水里生存的人鱼。"

雅克说："什么是人鱼？"

菲尔说："就是长着鱼尾和鱼鳍的人。"

雅克说："要让我们的四肢变成鱼尾和鱼鳍？他们想让地球人当他们的食物吗？"

菲尔说："不，他们说保留地球人的双手，好探索地球海底丰富的资源。"

雅克气坏了，他愤怒地说："我早就说古贝朗人和地球人的联盟是有阴谋的，没想到他们这么险恶。"

菲尔忙说："千万别这样，你们的房间里有监控设备。"

雅克说："埃加德法老一直在监视我们？"

菲尔说："我也是刚刚知道，以后你们说话要小心。"

雅克皱着眉说："我倒什么都不怕，可怎么才能让地球人知道这个消息呢？"

菲尔忙说："我得离开了，否则，他们会怀疑的。"

雅克把这件事整整埋在心里一天，直到他们的屋子里黑下来之后，他才在卫生间里把这一切告诉了史翠珊。

雅克说："不管怎样，我们一定要逃回去，我们不能让地球成了他们的试验场。"

史翠珊说："可怎么逃呢？"

雅克说："我们先离开这儿，只要不成了他们的人体标本，总有机会的。"

机会很快就出现了。这天，克乐奉埃加德法老的命令，带雅克和史翠珊到另一个地方去。雅克什么也没问，他带上了自己的金属棍。

他们乘坐的小型飞船眨眼间就已经飞出几百公里了。雅克注意到船舱里除了克乐，还有另外两个古贝朗人。他对克乐说："我还从没坐过这样小型的飞船，你可以让我看

一下你们的后舱吗？"

克乐说："当然可以。"他领着雅克往后舱走去。

当雅克看到自己已经走出那两个古贝朗人的视线时，他趁克乐不备，一下子就把他打倒在地上。他把克乐藏在不容易被发现的地方，然后走了出来。

那两个人什么都没问，倒是史翠珊对雅克说："你怎么这么快就回来了？克乐呢？"

雅克说："突然没了兴趣。克乐在后边。"就坐在了史翠珊的旁边。

过了一会儿，雅克看到前面的古贝朗人聚精会神地驾驶着飞船，就猛的一棍打倒了身边的这一个古贝朗人。

史翠珊看到这一情景，差一点叫出声来，她赶紧捂住自己的嘴。

雅克对史翠珊做了个让她不要出声的手势，就蹑手蹑脚地向那个古贝朗星的驾驶员走去。

那个古贝朗星的驾驶员眼睛始终盯着前面，丝毫不知道身后已经发生了事情，雅克很容易地就结果了他。

雅克看了看倒在驾驶座上的古贝朗人说："我还以为你们的头会比地球人的头更硬呢，原来也如此而已。"

史翠珊说："雅克，没有他，我们会掉下去的。"

雅克说："不会的，古贝朗的飞船可以自动驾驶。"说着，雅克把那个古贝朗星驾驶员推到一边，自己坐在了驾驶座位上。

史翠珊说："雅克，你可以吗？"

雅克说："我观察过了，古贝朗的飞船很容易驾驶的。你看，这个扳手，往上扳是往上飞，往下扳是往下飞。往左扳是往左飞，往右扳是往右飞。但是我不知道如何让它进行空间跳跃，也可能这艘飞船就没有空间跳跃的功能。"

史翠珊问："雅克，我们去哪呢？"

雅克说："找一个可以藏起来的地方。"

史翠珊说："在这个陌生的地方，我们能藏在哪里呢？"

雅克说："总有人迹罕至的地方吧。"

史翠珊说："可如果那样，我们就永远也回不了地球。"

雅克说："那就找一座城市，你记得吗？菲尔说我们的到来是秘密的，并未被公开。"

史翠珊说："可是，古贝朗人有翅膀，我们没有翅膀，别人会把我们当成怪物的。"

雅克说："没关系，我们就说我们的翅膀被野兽吃掉了。我观察过，古贝朗人虽然科技发达，但人都很单纯，他们会相信的。"

飞船又飞了很久，他们在一座城市的边缘停了下来，走了出来。

史翠珊回头看看说："得把飞船藏起来，否则我们会立刻被发现的。"

雅克往远方指了指，说："那有一条河，把飞船推到河里。"

　　说着，他们又进了飞船，把飞船开到河边，推了下去。

　　雅克拿出两件事先准备好的长外套，对史翠珊说："我们除了两对翅膀，和古贝朗人也没有什么不同。把外套披上，他们就以为我们有翅膀了。"

　　史翠珊说："看来你是早就准备好了。"

　　雅克说："不准备好怎么办？总不能让他们把我们做成人体标本吧。"

　　雅克和史翠珊想等到晚上再进城，但是在古贝朗星上是没有夜晚的。

　　史翠珊说："雅克，我们应该先找地方躲起来。"

　　雅克说："是的。"说着，握紧了手里的铁棍。

　　史翠珊摇了摇头，说："你可不能再把谁打晕了，这是他们的地盘，如果人家几天不见这个人，会报警的。"

　　雅克点了点头说："是这样的。"说着，把金属棍藏到了长外套里。

　　雅克和史翠珊走进了城市里。古贝朗人的街道和地球人的街道也没有什么不同，一样的笔直，只是街道上的人实在稀少，偶尔有三两个行人经过。

　　雅克在一排房屋前，看到有人在那里进出。他们径直走向了一个看来年纪很大，又很和蔼的老人。

　　雅克对那个老人说："老人家，您叫什么名字？"

　　那个老人说："我叫赖德，有什么事吗？"

　　雅克问："您是做什么工作的？"

那个老人说："我是负责输送水的。"

雅克说："我们是政府派来调查水文的，可是我和我的朋友，"雅克指了指史翠珊说，"我们的翅膀出了毛病，我们想在您的家里住一下，可以吗？"

赖德说："家里就我一个人，当然可以。"

史翠珊看了看雅克，心想：谎话也不会说，翅膀坏了，应该去找政府，住下来是什么意思？但这样的谎话赖德居然信了，看来古贝朗人真的很单纯。

雅克和史翠珊跟着老人来到了家里。

雅克看惯了古贝朗皇宫的辉煌，他以为古贝朗人的家里也应该是富裕的。因为古贝朗人是供给制，是不愁吃穿的地方。可是很出乎雅克的意料，赖德的家里很简陋，好像什么都没有。

雅克惊讶极了，问："赖德，你们连传送图像的设备都没有吗？那你们是怎样交流信息的呢？"古拉丁语里没有"电视"这个词，雅克是用"传送图像的设备"来表达电视的意思。

赖德说："什么传送图像的设备？我们不需要呀。"

雅克说："那你们怎样互相交流信息呢？"

赖德脸上产生了一丝疑惑的表情，说："什么交流信息？"

雅克说："就是了解其他地方的人和事。你们古贝朗这么大，难道其他地方的消息就不需要传到你们的耳朵里

吗？"

赖德如果有一点点头脑，应该感到雅克的用词"你们古贝朗"有点不同了，但是赖德什么都没有注意到。他依然说："我们不需要了解那些东西。"

雅克说："真是奇怪，你们科技那么发达，却从没想过要创造点什么，满足人们精神生活的需要。"

赖德问："什么叫精神生活？"

雅克说："就是让自己快乐起来呀？"

赖德的回答与雅克在菲尔和古贝朗的科学家那里寻找的答案都一样："要快乐做什么，我们只需要工作。"

雅克问："那么你们为自己做些什么呢？"

赖德的回答很简练："我们属于埃加德陛下，不需要为自己做什么。"

雅克说："你为什么要属于埃加德，你有自己的自由！心灵和身体上的自由！"

赖德奇怪地看了看雅克，他不明白雅克说话的意思。自由，多么奇怪的两个字。

赖德问雅克说："什么叫'自由'？"

雅克说："就是做为一个人，有随自己意志活动的权力。你跟埃加德陛下实际上是平等的。埃加德可以吩咐你做任何事情，你也可以拒绝埃加德让你做的任何事情。"

赖德惊呆了，说："拒绝埃加德法老的意愿？这是不允许的。"

雅克说:"为什么要让埃加德法老允许?自由平等,是每个人都有的权利。你们这里,就是缺少自由。"

赖德说:"年轻人,说话留点神,如果叫别人听到这些,你们说不定会被杀头的。"

史翠珊可不想被杀头,她对老人说:"为了一种说法,就要杀人,你们一直这样吗?"

赖德说:"是的,我们一直这样生活,埃加德是我们的法老。"

史翠珊说:"你也没有自己的子女吗?"

赖德问:"什么叫子女?"

雅克说:"就是用你的基因创造的古贝朗人。"

赖德说:"这是长老们的事,我不清楚。"

雅克激动地说:"可你总该知道自己的父母是谁吧?他或她的基因制造了你,可你什么都不知道,这也太残酷了。"

赖德不理解雅克为什么这样激动,他说:"我不需要知道这些,我只需要工作就可以了。"

雅克说:"你怎么这样麻木不仁,这是你的权利。"

赖德说:"你真的不要命了,这是要杀头的。"

雅克说:"没有自由,要头又有什么用。"

赖德想了想,摇着头说:"你们肯定不是古贝朗人,你们到底是谁?"

史翠珊不想再隐瞒下去了,她说:"是的,我们是地球

人，是被你们的长老从遥远的地方俘虏来的。我们从皇宫逃出来，是想揭发一个秘密。"

赖德想了想说："你们想怎样做？"

雅克被自己的想法激动了，他说："组织人们，推翻埃加德的暴政！"

赖德惊讶极了，他想不到这样瘦小的人竟会有这样的想法。他说："你们如果想住在这里，就不要这样说。否则，我们都会被杀头的。"

雅克对史翠珊说："既然他这样害怕，我们还是走吧。"

史翠珊看了看赖德，又看了看雅克，她心想："遇到这个老人已经是不容易了，如果真的到处去碰，没准儿会遇上危险的。"想到这里，她笑着说："既然赖德不喜欢这样的话，我们还是不说吧。"

赖德最后安顿雅克和史翠珊在自己家里住下了，因为，他确实喜欢雅克和史翠珊。尽管他怕他们的话会引来麻烦，可他又非常想听他们的话，雅克新奇的言论，搅动了他心底里的什么愿望。于是，赖德只要一有机会，就往家里跑，雅克他们从地球的天文、历史谈到社会、人伦，赖德陡然感到自己的人生开阔了许多。赖德告诉了雅克和史翠珊一个秘密，在古贝朗星的一个废墟里，可能会找到他们想要的东西。他还说，这个废墟荒废了多久他不知道，但他知道最起码它比自己的年纪要大许多。

雅克和史翠珊按老人的指引，找到了废墟。他们是乘车来的，车是古贝朗人通用的交通工具，也是利用反重力原理制造的，主要构件就是一个核心，来产生反重力场。在废墟里，雅克和史翠珊看到随处都是工业垃圾，各种奇形怪状的电路板，还有一些叫不上名字的电器元件。

雅克和史翠珊翻着看着，史翠珊说："在这里我们能发现什么呢？"

雅克耐心地搜索着，他说："总会有发现的。"可他们翻了好半天，什么都没发现。就在雅克感到很沮丧的时候，他突然大叫起来，他看到了一个震撼人心的东西，一本印着英文的书！对于地球人，是再普通不过的东西了，但在这儿，绝对是个奇迹，因为古贝朗人不懂英语。

雅克惊讶极了，他小心翼翼地拾起了那本书，对史翠珊说："菲尔说古贝朗人不懂英语，但为什么会有英语的书？"

史翠珊说："也许是赛斯长老他们从地球带来的。"

雅克摇摇头说："可赖德说，这个废墟比他的年龄要大许多。"

史翠珊说："快看看里面都写了什么？"

雅克翻开了书，书的前言写着：我是来自莱赫姆的查卡，考虑到辛吉人还不太了解宗教，人们更多的依赖巫术，因此，我写这本书，希望唤醒人们，不要再迷信于维吉那的巫术。我知道这样做是危险的，很可能有生命危险，但是我并不畏惧，希望借此能唤醒大众。

雅克抬头对史翠珊说："看语言像是一个什么先驱，一个像哥白尼样的人物。"

史翠珊看着雅克手里的书说："这上面的纸已经发黄了，确实是很久以前的事了。可是书上的查卡又是谁？是地球人，还是古贝朗星人？如果是地球人，书是怎么来到古贝朗星的？如果是古贝朗星人，他又是谁？"

雅克说："我们回去问赖德就知道了。"

回到了赖德的家里，雅克问："赖德，你听说过查卡这个人吗？"

赖德吃惊地问："你们怎么知道这个人的？"

雅克把书递给了赖德，赖德翻开了书，一边看着一边说："传说他是创立古贝朗王朝的人物之一。"

史翠珊惊讶地说："赖德，你认识英语？"

赖德说："什么是英语？"

史翠珊说："就是书上的语言。"

赖德说："这可不是什么英语，这是查卡传道时使用的语言。"

史翠珊说："会这种语言的多吗？"

赖德摇摇头说："早就没了，我大概是唯一的。我隐瞒了会这种语言的事，也隐瞒了关于查卡的所有事，否则，我就不会活到现在。"

史翠珊说："难道埃加德不允许查卡传说的存在？"

赖德说："是的。"

雅克说："那么说，埃加德不是查卡的后人？"

赖德说："也可能是，谁知道呢，现在大概没人知道这回事了。埃加德上台后，焚毁了所有这样的书籍，这已经是六十多年前的事情了，现在的年轻人不知道这件事。你知道我说六十年前的事情是怎么回事吗？"

雅克和史翠珊摇摇头。

赖德接着说："那是一个风雨交加的夜晚，皇宫发生了什么事，之后，埃加德法老就神神秘秘地做了皇帝，还任命了他自己的内阁、长老。焚毁书的命令是这之后的事。"

雅克说："难道就没有人反对他？"

赖德说："怎么没有。但他的卫队所使用的武器威力很大，反对他的人很快就被他镇压了。我当时因为正在生病，没有去战斗。如果我不是躺在床上，大概也被他杀掉了。"

十一、他们逃回了地球

因为有了雅克他们在家里，家对赖德越来越有吸引力。这天，赖德正在家里和雅克他们说话，突然听到自己家的门被拍得震天响。赖德大惊失色，说："不是来抓你们的吧？赶快躲起来。"雅克和史翠珊跑到里面的屋里躲起来。

门开了，进来的是一个叫丹尼的年轻人。他看见桌子上的三个杯子说："赖德，你不会用三只杯子喝水吧？屋子里还有其他人吗？"

赖德说："没有。"

丹尼说："不可能，我找找看。"说着，走到了里屋。雅克和史翠珊当然很容易被找到了，因为，赖德的家并不是用来藏人的。

丹尼看到雅克和史翠珊惊讶极了，说："赖德，他们是哪儿来的？怎么竟然没有翅膀！"

雅克说："我们的翅膀坏了。"

丹尼用怀疑的目光看着雅克说："那你们可以用基因去修复。你们不是古贝朗人?"

赖德知道隐瞒不了，他说："他们确实不是古贝朗人，他们来自数十万光年之外的星球，叫地球。"

丹尼看着雅克和史翠珊说："你们是外星人?"

雅克说："是的。"

丹尼听后十分惊讶地问："难道外星人都没翅膀吗?"

雅克说："是的，我们的人都没翅膀。"

丹尼说："那你们住的地方和我们古贝朗星也不一样吗?"

雅克说："是的，我们的地球十分美丽，那儿有山有水，有各种动物，也有不同肤色的人。我们也有先进的科技，我们……"雅克忽然停住了，因为比起古贝朗人，地球的科技实在是落后了些。

丹尼说："你们地球人也像我们一样的工作吗?"

雅克说："不一样，我们一天的时间几乎是你们的三分之一长，但我们有白天，有黑夜。黑夜休息，白天工作。"

丹尼奇怪地问："什么是黑夜?"

雅克笑了说："我们也有自己的恒星，我们称它为太阳，但我们的太阳只有一个。我们住的星球自转一圈就是我们的一天。当太阳开始照耀我们的时候，那是我们的早晨，当它从我们的上空转下去，我们看不见它的时候，我们就叫它黑夜。"

丹尼说："在黑夜的时候工作一定是不愉快的。"

雅克说："不是的，除非有特殊原因，黑夜的时候我们不工作。"

丹尼不相信地说："你们的法老允许你们不工作？"

雅克说："是的，休息是我们的权利。在我们那里，时间按秒、分、小时，天、周、月，年来计算。"

丹尼摇摇头说："怎么这样复杂？这样做有什么用？"

雅克说："当然有用了，我们每周七天，工作五天，休息两天。"

丹尼说："你们在黑夜不是已经休息过了吗？"

雅克说："黑夜的休息是我们需要睡觉，而这两天的休息和睡觉不一样，是进行各种娱乐活动。比如打游戏、看电视、看电影、打球什么的。"

丹尼说："娱乐也是法老让你们做的吗？"

雅克说："娱乐是休息的一种方式，是让人高兴的事情。不需要别人让我们做。"

丹尼看着赖德说："既然是高兴的事，为什么我们没有？"

赖德说："因为他们除了工作，其余时间是自由的。"

丹尼说："什么是自由？自由是什么东西吗？"

雅克说："自由不是东西，你们如果对自由感兴趣，可以来找我。"

丹尼说："你讲的事情很有意思，我会来的。"

赖德嘱咐他说："他们在我家是保密的，你可千万不要告诉了别人。"

丹尼说："好的，我答应你。"

雅克有关地球的事，让丹尼羡慕不已，他几乎天天偷偷地过来看雅克他们。

雅克对他说："你们的生活太苦了，想休息一下都不行。你们有先进的科技，不应该是这样子的，你们应该改变你们的社会结构。"

丹尼说："怎么改变？"丹尼显然是听懂了社会结构这个词。

雅克说："你们应该组成联合政府，选举自己信任的人领导你们。"

丹尼说："选举是什么？"

雅克说："就是用表决方式推举自己信任的人。比如说我们现在四个人，如果两个人选你，而一个人选我，那就应该你领导我们。"

丹尼似乎明白了，他说："领导就是像法老那样吗？"

雅克说："意思是那样，但这个人一定要为大家的利益而工作。"

丹尼说："如果真能那样该多好。赖德，你喜欢选举吗？"他看着赖德问他。

赖德说："如果能有雅克说的自由，我当然喜欢。"

雅克说："你们既然都喜欢自由，为什么不起来反抗？"

丹尼赶紧说："雅克，千万别这样说。如果埃加德法老知道了，一定会杀了我们。"说着，他就慌忙地走了。

但对自由的向往，是一切人类都不能抗拒的。这天，丹尼又来了，跟他同来的还有几个年轻的古贝朗人。他们都渴望听雅克的讲话。

雅克讲了地球的故事，也讲了自己对自由的看法。

几个年轻人听得如痴如醉。他们都说古贝朗星也应该争取像地球一样的自由。

丹尼说："雅克，如果古贝朗星也有你说的自由，你愿意留在古贝朗星吗？"

雅克说："但我在地球有我的父母，我应该回到他们的身边。"

时间一天又一天地过去了，尽管赖德提心吊胆地为雅克和史翠珊担心，但并没有什么事发生。

雅克说："也许他们找到了飞船，以为是飞船出了意外。"

某一天的吃饭铃响过后，丹尼来了。他神秘地对雅克和史翠珊说："我们组织了好些人，希望你们能帮助我们。雅克，做我们的首领吧。"

雅克和史翠珊惊讶极了，说："你们要推翻埃加德法老？"

丹尼说："是的，今晚我们行动。"

雅克说："你们准备好了吗？"

丹尼说:"是的。"雅克答应了。

史翠珊说:"雅克,我也和你一起去。"

雅克想了想说:"好吧。"

队伍出发了。丹尼他们得到消息说,埃加德法老这天要去视察一个食物培植场,就准备在那袭击埃加德法老。

埃加德法老终于出现了,由于他并没预感要有事情发生,所以从飞船上下来时,身边的士兵并不多。丹尼带领所有的人,一齐向埃加德法老射击。埃加德法老身边的士兵都倒下了,可埃加德法老并未受到任何伤害。雅克明白了,一定是切克的能量救了他。雅克知道继续打下去,只能带来伤亡,他让尼克带着队伍赶快撤退。丹尼不甘心就这样结束,他又向埃加德法老冲了过去。

埃加德法老向丹尼招了招手,丹尼的身体突然被某种看不见的力量拉了起来,一直飘向埃加德法老。

尽管双方还在交战,雅克还是能听到埃加德法老的声音:"你为什么要背叛我!"

丹尼说:"我们要自由,你是一个暴君,我们要推翻你!"

埃加德法老说:"什么?"

丹尼说:"你让我们无休止地工作,只为了你的高科技。我们没有娱乐,没有自由,我们过够了这样的生活。"

埃加德法老说:"是谁给了你这样的思想?"

丹尼说:"谁给了我这样的思想不重要,重要的是我们

希望自由，不希望成为机器。"

埃加德法老吼叫着说："一定是那两个该死的地球人，给你洗了脑。快说，他们在哪儿?"

丹尼说："说了你也不会饶过我，我不知道。"

埃加德法老向他的卫队喊道："冲过去，抓住这些反叛我的人。"埃加德的卫队冲过来了，参加暴动的人四散而逃。

雅克拉了拉史翠珊的手，说："我们快逃吧，看来这次行动彻底失败了。"

雅克和史翠珊逃上身边的一艘飞船，飞船带着他们向远处飞去。但他们的后面，很快就出现了好几艘追赶他们的飞船，而且向他们发射了飞弹。

雅克扳动了快速自动挡，飞船像箭一样的向前冲去，顿时，就甩开了追赶的人。可就在雅克他们还来不及高兴的时候，飞船的速度突然慢了下来，而且还越飞越低，不管雅克用了什么办法，最后还是停到了地面上。

后面追赶的飞船眼看就飞过来了，雅克指着远处的水面说："与其让他们制成人体标本，还不如死在水里。"

史翠珊说："那还犹豫什么，我们快跑吧。"

当他们走出舱门的时候，就看见追赶的飞船也落了下来，从舱门冲出来的古贝朗人飞快地向他们围过来。雅克他们撒开了脚步飞快地向水面跑去。

就在这时，他们看到了迎面又飞来一艘飞船，而且快速地降落在了他们的前面。

　　雅克和史翠珊互相看了看，都无可奈何地摇摇头，看来他们只能做古贝朗星的人体标本了。

　　就在雅克和史翠珊垂头丧气的时候，他们竟听到了菲尔的声音："雅克，你们快上来。"

　　顺着声音，雅克和史翠珊看见从前面飞船的舱门里，菲尔正向他们招手。雅克他们什么都来不及想，拼命地向菲尔跑去。菲尔的飞船腾空而起，围过来的埃加德法老的追兵们在下面乱喊，但尽管他们也启动了飞船来追赶，但菲尔的飞船，还是把他们远远地甩在后面，很快就没了踪影。

　　直到这时，惊魂未定的雅克和史翠珊才想起去问菲尔："你怎么知道我们出了事？"

　　菲尔说："听到赛斯长老说有人在袭击埃加德长老，我就想到了你们。因为在我们的星球上，我们都没有这样的思想。但我知道凭埃加德法老的切克之力，你们是不能赢的。我不能看着你们有危险，于是就冒充埃加德法老的旨意，开出飞船来找你们。"

　　史翠珊说："谢谢你，如果不是你来得及时，我们就惨了。"

　　菲尔说："我也急坏了，怕找不到你们。幸好他们只追你们俩，如果是很多人，事情就麻烦了。"

　　听他一说，雅克他们又想起了参加反对埃加德法老的

人们，史翠珊说：“不知他们会受到什么惩罚？”

雅克后悔地说：“早知道这样，我就不鼓动他们争取自由了。”

菲尔说：“这不能怪你，你们的想法是好的。”

雅克说：“可不管怎么说，是我让他们掉了脑袋的。”

菲尔说：“他们不会掉脑袋，埃加德法老怎么舍得这样做，他会从新给他们洗脑，让他们变成更听话的机器。”

史翠珊有些不相信地说：“菲尔，会这样吗？”

菲尔说：“会的。”

雅克还不太相信自己已经逃离了埃加德法老的追捕，他不时地回头看后面有没有追过来的飞船。

菲尔说：“别看了，不会有飞船追过来的。我是古贝朗最优秀的驾驶员，要不然，我不会被派到地球去。”

史翠珊说：“那你也是埃加德法老很信任的人吧。”

菲尔笑了说：“你怎么知道的？”

史翠珊说：“如果不是这样，你怎么会把这艘飞船开出来？”

菲尔说：“是的，埃加德法老很信任我。”

雅克不好意思地说：“对不住，菲尔，我们连累了你。”

菲尔不在乎地说：“什么连累？我其实早就想离开埃加德法老的控制，做一辈子没有思想的机器，还不如轰轰烈烈地活一天。”

雅克看着菲尔说：“菲尔，感谢你这样想，这让我少了些内疚。我们现在去哪儿?"

菲尔说:"我们当然去地球。"

雅克和史翠珊都惊喜地问:"这是真的吗?"

菲尔说:"除了地球,我们没有别的地方。不过,地球上也是危险的,因为很快就会有抓我们的消息了。"

史翠珊说:"只要不成古贝朗人的标本,就是关在牢里一辈子我也情愿了。"

雅克对菲尔说:"这次你到了地球,就再也不要走了。"

菲尔说:"如果你们欢迎我,我就做个永久的地球人了。"

雅克和史翠珊异口同声地说:"当然欢迎,到我那去吧。"

古贝朗人的空间跳跃,真是了不起的高科技,他们用了并不长的时间,就到了地球的上空。雅克和史翠珊松了一口气,说:"终于回来了。"

飞船接到地球方面发来的询问的信号,问他们是哪来的,用的是英语。

雅克和史翠珊大喜,说:"是地球人!"他们赶紧告诉对方说:"我们是雅克和史翠珊,我们从古贝朗星回地球了!"

但收到的信号却让他们很意外:"我们是加特长老的部下,你们是我们的俘虏,现在要么投降,要么毁灭。"

雅克用嘲讽的口气说:"我们是可以投降的人吗? 真是

一群没头脑的人。"

史翠珊说:"他们如果发导弹打我们怎么办?"

菲尔说:"不会的,他们不会毁坏这艘飞船。"

雅克说:"那他们会怎么办?"

菲尔说:"他们会让埃加德法老派更多的飞船来围剿我们,直至我们投降。"

史翠珊说:"那我们就等下去吗?"

菲尔说:"我们让飞船留在轨道上,我们乘船上的穿梭艇离开。即使他们来了,也找不到我们。"

雅克说:"那我们先到哪儿?"

史翠珊说:"先到克劳德那里吧。如果雅克的父母离开了,我们再去寻找他们。"

雅克和史翠珊乘上菲尔开的穿梭艇,一齐来到了克劳德的家,见到了雅克的父母和克劳德。

雅克和史翠珊把他们这些日子的经历,简练地告诉了克劳德他们。贝丝流着眼泪对菲尔说:"真不知怎样感谢你。"

菲尔说:"不要谢我,是你们地球人感动了我。我只是在做我应该做的事。"

雅克问克劳德:"地球人现在的情况怎样?"

克劳德告诉雅克和史翠珊说:"地球人还在与古贝朗人战斗。"

雅克说:"你们是怎样生活的? 有胜利的希望吗?"

克劳德说:"暂时还没有。我们现在就这么生活着,反正,地球人多,古贝朗人少。他们的武器虽然很先进,但我们现在也能仿造了。"

雅克说:"这倒是个不坏的消息。"

克劳德说:"你们走后,克莱夫总统很惦记你们。还说派人查找你们的下落呢。他已经被任命为地球联合守卫军的司令了。"

史翠珊说:"那我们明天就去看看他。"

十二、地球有了暂时的宁静

雅克和史翠珊来到了总统的府邸。

雅克和史翠珊作为联合政府和平奖的获得者和第一代与古贝朗人交往的大使，已经很出名了，门卫马上就认出了他们，对他们说："你们进去吧，总统在里面。"

到了里面，雅克和史翠珊向总统打招呼，说："总统好！"

克莱夫高兴地说："你们终于回来了！你们失踪后，我想，你们不会随便走开的，肯定是被古贝朗人绑架了，是这样吗？"

史翠珊说："是的，很高兴您关心我们。"

克莱夫问："那么，你们是怎么逃回来的？"

史翠珊说："我们参与了古贝朗人推翻埃加德法老的行动，但我们没有成功，是菲尔带我们逃回来的。"她把事情的经过告诉了克莱夫。

克莱夫说："原来是这样啊。怪不得刚才有一艘古贝朗的飞船，发来信号说他们是雅克的部下，要求在地面降落，我还没有回复。"

雅克惊喜地说："是那群进步的古贝朗人。"

克莱夫在桌面隐形对讲器上触摸了一下，说："同意他们降落。"

史翠珊问："战争进行得怎么样了？"

克莱夫说："在开战之前，赛斯长老曾派人教了我们很多古贝朗的技术，尤其是宇宙航行的技术。我们已经制造了好多艘像古贝朗人那样的飞船。地球人现在很团结，都积极参与和古贝朗人的对抗。敌人的小型飞船我们可以对付，但敌人的大型母舰因为有防护壳，我们对它无能为力。古贝朗人虽然有先进的科技，但他得不到支持，又不知道我们的武器基地在什么地方，所以战争对他们并不是十分有利。可我们也无法消灭古贝朗人。怎么样，想看看我们的军队吗？你们可以在飞船上从远处观看战斗。"

雅克说："当然想，我也想参加战斗，亲手打死可恶的加特长老。"

史翠珊对克莱夫说："你知道古贝朗人要用我们地球人做什么？"

克莱夫说："你们听到了他们的秘密？"

雅克说："不是我们听到，是菲尔告诉我们的。如果不是菲尔，我们大概早就成了人体标本。"

克莱夫瞪大了眼睛吃惊地说："他们要拿你们做人体标本？"

史翠珊说："不但这样，他们还有更大的阴谋，他们要用我们地球人做基因变异的实验。他们企图用地球人培育可以在水下生存的人鱼，掠夺我们地球海底的资源。你不知道埃加德法老有多么险恶，他们给古贝朗人洗脑，让他们做他的机器。古贝朗星的人在埃加德法老的命令下，一直不停息地工作。"

克莱夫说："不停息？可他们总要睡觉、吃饭的呀！"

雅克说："古贝朗星的人，根本就不知道人是应该休息的。"

克莱夫说："宇宙里还有这样可怕的地方！可人不休息是会死的，除非是机器。"

史翠珊说："为了他们能连续工作，他们的食物掺进了什么东西。"

克莱夫说："这样人会减少寿命的。"

雅克说："那当然了，古贝朗星几乎没有老人。"

史翠珊说："也没有孩子，古贝朗星人是由基因创造出来的。"

克莱夫瞪大了眼睛说："太可怕了。幸好你们知道了这个秘密，否则我们地球人就彻底完了。"

史翠珊说："想想办法吧，我们不能让埃加德法老的阴谋得逞。"

克莱夫坚定地说："总会有办法的。我们要让地球人都知道古贝朗人的阴谋，我们一定能打败他们。"他拍了拍雅克的肩膀说："你们遭受了那么多的危险，为地球人带来了宝贵的信息，我谢谢你们。"雅克看看史翠珊，两个人都笑了。

克莱夫看了一下表说："你们不是想看看我们的军队吗？现在时间还来得及，回头我请你们吃饭。"

克莱夫按了一下桌上的铃，一个带军衔的军官走了进来。克莱夫对他说："这是我的朋友，我要带他们参观一下我们的军队。"

军官说："可现在正在战斗，是很危险的。"

雅克兴奋了，他说："我们什么危险都遇到过，我们不怕。"

克莱夫说："是的，他们可不是胆小鬼，现在就带我们过去。"

军官答应着，陪着克莱夫、雅克和史翠珊上了一艘小型飞船。克莱夫递过两个头盔给雅克和史翠珊。

雅克问："克莱夫，它有什么特殊的功能吗？"

克莱夫说："是的。我们从 S 国那里得到消息，古贝朗人擅长催眠，这是加强脑电波频率的头盔，可以防止被催眠。"雅克和史翠珊戴上了头盔，克莱夫自己也戴上了一个。

克莱夫的飞船使用了先进的雷达设备，雅克看到了双

方的战斗。尽管地球人的武器没那么先进，但地球人的太空飞机战斗得很顽强，那些太空飞机里面的人有些还很年轻，但他们都在为保卫地球而努力。

战斗一直在持续，克莱夫看了一下表说："雅克，我们该回去了。"

雅克意犹未尽，但他还是说："好吧。"

飞船经过了一片开阔地，雅克从舷窗里惊讶地看到地面有许多古贝朗人。突然，他发现了几个熟悉的面孔。"山德、里恩、德里克！"雅克兴奋地大叫着。

史翠珊说："他们在哪里？"

雅克说："他们就在下面。"说着，指给史翠珊看。

克莱夫也顺着雅克的手指看，他说："他们是谁？是你们的朋友吗？"

雅克和史翠珊说："是的。"

克莱夫让小型飞船落到地上去，雅克和史翠珊跑出了舱门。

那些长着翅膀的人也看到了雅克和史翠珊，其中有几个人跑上来，围着他们大叫，高兴地说："你们怎么在这里？"

雅克他们还没来得及回答，其中一个叫山德的人抢着说："雅克、史翠珊，见到你们太高兴了。我们的行动失败后，埃加德法老派人四处搜捕我们。我们知道如果被他们抓住了，下场会很惨，于是就想办法逃了出来。"

史翠珊说："这真是值得庆贺的事。"

里恩说："我们逃出来是为了争取机会，总有一天，我们还会回去的，我们也要让古贝朗星和地球一样！"

德里克说："我们一定会取得胜利的！"

史翠珊说："会的，一定会的。"

雅克说："知道你们这次为什么会失败吗？"

山德问："为什么？"

史翠珊说："你们参加行动的人数太少了。如果所有的古贝朗人都联合起来反对埃加德法老，你们才会取得胜利！"

里恩和德里克若有所悟地点了点头。

雅克问："往后你们准备做什么？"

里恩说："我们帮你们对抗埃加德法老的军队。"

史翠珊非常高兴，说："那真是太好了，你们都能做什么？"

山德说："里恩是一个科学家，曾参与过古贝朗飞船的设计。"

史翠珊问："那你肯定知道古贝朗飞船有什么弱点了？"

里恩说："是的。你们要消灭古贝朗飞船，首先要破坏它的动力装置，可是它的装置是内置的，你们无法从外部破坏它们。"

雅克说："那么就是说，我们没有机会了？"

里恩说："有的，有一个办法，可以让古贝朗的飞船暂

时失去动力。"

雅克问:"这是什么意思?"

里恩说:"你们已经知道了,古贝朗的飞船的能量来自虚空间,它们在运用一种被我们称呼为切克的物质的能量来推动飞船的前进的。因此,我们可以切断能量的来源,使古贝朗的飞船暂时失去动力。"

雅克重复说:"切断飞船能量的来源,使其暂时失去动力?"

里恩说:"是的,就是说,我们要在虚空间中引起一场爆炸,使切克大量燃烧,扰乱实空间的结构,使飞船暂时无法行动。"

史翠珊说:"我明白了。"

里恩说:"是的,我们飞船的防护罩也是靠切克为动力的,所以,抓住这个时机,你们的战斗机就可以很轻松地对付古贝朗的飞船了。"

雅克说:"好的,我们现在就向克莱夫报告!"

克莱夫听了报告,很高兴,对里恩说:"那么,就由雅克和史翠珊协助你来研制引发切克爆炸的机器吧。"

里恩说:"好的。"

研制工作开始了,过程是艰苦的。就这样,三个月很快就过去了。

这天,里恩让雅克和史翠珊来到实验室,拿出了一个盒子一样的东西,对他们说:"你们看,这是什么?"

雅克问:"是什么?"

里恩说:"是引爆切克的机器,我把它称作切克之雷。"

雅克说:"那它的原理是什么呢?"

里恩说:"你知道化学反应都需要催化剂吧?"

雅克说:"是的,那又怎么样?"

里恩说:"切克之雷就是切克反应的催化剂,确切点说,它引起了切克的共振。"

雅克说:"共振?"

里恩说:"你想过共振的问题吗?"

雅克说:"两个物体振动频率相等,就会产生共振,这有什么意义吗?"

里恩说:"不是那么简单的。以微弱的力量,可以毁坏强度很高的建筑物,其真正原因是引起了空间的扭曲。分子是顺着空间最低能量轨道运动的,分子由于承受不住空间扭曲的力量,所以在那一点断裂了。"

雅克说:"共振会产生这么大的作用?"

里恩说:"是的,切克之雷就是利用了共振的作用。"

雅克说:"有效吗?"

里恩说:"当然有。"

雅克说:"那我们立刻去见克莱夫。"

克莱夫正在指挥战斗,他看见雅克、史翠珊、山德、里恩、德里克一齐都来了,很是惊讶。可当他听完里恩的介绍后,简直高兴透了。他通过对讲器对参加战斗的人说:

"我们的军队研制了一种新型作战武器，可以在一刹那使敌人的飞船失去动力。听到我的命令后，第一纵队冲上去攻击敌人，第二纵队拦截企图逃跑的敌人。听明白了吗?"

所有飞船里的军人都一齐回答："听明白了!"

空中的战斗很激烈，敌人的母舰里又有很多小飞船飞了出来，它们与地球战士对抗着，地球人的战斗机在技术上虽然落后于敌人的小飞船，但小伙子们的战斗意识很顽强。

就在这时，里恩开启了切克之雷。刹那间，敌人的母舰就发生了剧烈的空间扭曲。雅克看到像光线似的扭曲的飞船，他大喊着："敌人的飞船扭曲变形了!"

但是里恩告诉他说："飞船的变形其实你是看不到的，那只是光线的折射而已。"

雅克说："为什么?"随着他的问话，他突然感到空气似乎振动了一下，接着，像爆炸似的，他看见从敌人的飞船上发出了环状的波动，并放射出五颜六色的光芒来。

雅克开心极了，他兴奋地看着眼前的一切，他觉得这就像在节日放焰火一样。

地球战士的战斗机冲了上去，敌人的母舰被击中了。雅克和史翠珊高兴地抱在一起，看来切克之雷发挥效力了。

敌人的母舰上出现了火光，但敌人的母舰并没有撤退的动静。

就在大家以为敌人的母舰要爆炸的时候，敌人的母舰开始移动了。

史翠珊大惊失色，说："母舰怎么又动了？"

里恩懊恼地说："怎么就没想到这个问题？他们肯定是启动了备用能量。"

雅克说："谁也不会百分之百地把问题想得那么周到。我们赶紧告诉克莱夫。"

克莱夫听到里恩的报告，立刻下令："全体马上撤退！"

雅克他们又见到了克莱夫。雅克说："我们无法制造出有效的武器，看来在空中战胜古贝朗人确实很困难。"

克莱夫说："不能再等了，我们要把他们引向地面，再聚而歼之。"

雅克说："这倒是个好主意，我们在地面有较大的优势。"

克莱夫说："我马上向地球联合军事总署报告此事。这是非常严肃的事情，要知道，让古贝朗人落地，这可是一个重大的决定。"

克莱夫的提议很快就有了答复，地球联合军事总署同意他的决定。

克莱夫说："我们第一个任务是要让古贝朗人相信，我们再没有对空力量了。"

雅克说："这可有点困难，古贝朗人是很聪明的。"

克莱夫说："我们早就为这一天作了准备，所以，我们制造了几艘无人驾驶的大型简易飞船，它们和我们真正的

巡洋舰一样巨大，只是造价非常低。我们还制造了几百架太空作战的简易飞机。"

雅克问："能成功吗？"

克莱夫说："会的。"

战斗开始了，巡洋舰大小的简易飞船冲了上去，与古贝朗的飞船对射起来，简易飞船的炮火很弱，对古贝朗的飞船没有太大的影响。然而，古贝朗的炮火威力很强大，几炮就击碎了简易飞船，碎片像焰火一样散落了开来。

等几艘简易飞船碎裂后，克莱夫又命令简易战机冲上去，当然，这些也都是无人驾驶的。简易战机很廉价，虽然它的外观和正规战机一样，但它的价格只有正规战机的几十分之一，基本就没有太大的战斗能力。

简易战机冲上去了，碰上了敌人母舰涌出的一大群小型作战飞船。

简易战机使敌人上当了，他们发出了猛烈的炮火，一会儿的工夫，太空中就飘满了简易战机的碎片。在远处待命的地球人撤退了。

雅克问克莱夫："下一步我们要做什么？"

克莱夫说："下一步我们只有等待。"

等待是漫长的，转眼几个星期过去了，古贝朗人还是没有动静。

克莱夫说："这样等下去，一是给了古贝朗人更多的准备时间，二是涣散了我们的斗志。我们必须采取行动。"

地球联合军事总署经过研究，决定向古贝朗人发一条信息，信息的内容是：地球人要求与古贝朗人讲和，古贝朗人可以到地面上。

地球人还是低估了古贝朗人。地球联合军事总署认为：这样屈辱的表现，足以使古贝朗人上当了。但是出乎地球联合军事总署的预料，古贝朗人没有实施登陆计划，只是同意讲和。

事情进展到这个程度，再撤退是不可能了，可是怎么讲和，又派谁去呢？

地球联合军事总署经过再三研究，决定再次让雅克和史翠珊担任大使。他们相信这次古贝朗人不会再扣压派去的人了。

雅克和史翠珊倒没想这么多，他们觉得为地球人做任何事，都是他们的责任。

雅克他们来到了古贝朗的飞船，看到了贝特利将军。贝特利将军的形象确实很威武，高高壮壮的，好像地球的相扑运动员，雅克拼命地伸长了脖子，可还是只到达他的胸部。加特长老面无表情地站在贝特利将军的身边。

贝特利将军先开口了，他问史翠珊："怎么，你们今天到来有什么要说的吗？"

史翠珊说："今天我们来是为了和平的目的。你们古贝朗人没有办法把地球人全部消灭，我们地球人也打不赢你们。既然这样，为什么我们不坐下来好好谈一谈，提出一

点对双方都有益的见解呢？"

贝特利将军说："你有什么建议？"

史翠珊说："你们攻打地球只不过是为了掠取地球的资源，可是，在古贝朗星旁边，有着成千上万的星球有同样的资源，你们为什么舍近而求远呢？我们地球的科技不发达，需要古贝朗人的高科技，我们应该携起手来友好相处。"

贝特利将军冷冷地说："我们不和战败国友好相处。"

雅克说："战争还没结束，我们不是战败国。"

史翠珊悄悄地碰了他一下，让他别再说话。

加特长老在一边说："不管你们是不是战败国，既然你们要求讲和，那就要答应我们的条件。如果我们的要求得到满足，也许我们会同意讲和的。"

史翠珊说："你们可以把你们的要求说出来，究竟可不可以，要由我们的地球联合政府决定。"

加特长老说："好吧，你们把地球上每种动物都挑选五对，送到古贝朗来。"

史翠珊说："还有什么？"

加特长老说："把地球上的珍稀植物每一种送两棵过来。"

雅克想：他们要干什么？决不是想建一个诺亚方舟吧。

史翠珊说："这些条件你们大概会得到满足。"

加特长老说："我们还需要地球人作实验，这点也可以满足我们吗?"

史翠珊说:"你们古贝朗人还有拿人作实验的事吗?这倒确实有些困难,不过我们可以把你们的要求带回去。"

加特长老点了点头,说:"好,这个问题以后再说。现在你们如果能答应我们前面的要求,我们可以接着谈下去。"

好久没开口的贝特利将军气势汹汹地说:"还有一个条件,你们必须把菲尔和那些逃亡的古贝朗人交给我们,我们知道他们就在地球上。"

史翠珊看了看雅克,雅克说:"菲尔早就开着飞船离开了,也许他已经回了古贝朗。至于你说的什么逃亡的古贝朗人,我们根本就没见过他们。"

贝特利将军说:"其他逃亡的古贝朗人没找到你们,这也有可能,因为他们根本就不懂你们的语言。至于菲尔嘛,我们有准确的消息来源,如果他的飞船离开了地球,我一定会知道的。回去告诉你们的首领,如果不答应我们的条件,我们的飞船立即向地球开火。"

史翠珊和雅克回到了地面,向克莱夫作了汇报。雅克说:"他们不但条件很苛刻,态度也非常蛮横。"

克莱夫说:"这是肯定的。因为他们认为他们是胜利者。"

史翠珊说:"看来,他们就要开始对地球的计划了。"

雅克说:"我们答应他们的条件吗?"

克莱夫说："必须答应，我们不能让地球变成火海。"

雅克说："可菲尔怎么办？我们不能把他交出去。"

克莱夫说："这倒是个难题。"

菲尔不知道怎么知道了这件事，他连告别都没有，就自己开着穿梭艇去见了贝特利将军。雅克和史翠珊难过极了，他们不知道菲尔会受到什么样的惩罚。

带着地球送来的动植物，古贝朗人的飞船满意地离开了。地球上的人们得到了暂时的宁静。

十三、地球不能成为战场

现在，雅克也已经不上学了，他与史翠珊都在克莱夫的手下工作。闲暇的时候，他们经常带里恩他们去看地球上的文明古迹，给他们讲地球的历史。里恩他们都很喜欢雅克和史翠珊，有什么事都来找他们。

里恩他们已经很适应地球的环境了，他们常说，他们觉得睡眠真是个很奇妙的事情，经过漫长黑夜的休息，当醒来的时候，都觉得自己充满了力量。

里恩他们还常常说，如果他们将来能回到古贝朗，如果他们能推翻埃加德的统治，如果他们有说话的权利，他们一定要让所有的古贝朗人都享有睡眠的权利，绝不让人服用那些危害人健康的、使人亢奋的东西。

里恩还说，他现在才体会到工作的快乐，当你把自己的想象变成现实的时候，那种快乐是无法形容的。

他们这些古贝朗人都在克莱夫管辖下的科研部门工作，

他们从来就没有过抱怨，他们对工作的认真和敬业态度是所有地球人都没法和他们相比的。最有趣的是，当他们拿到了自己赚来的钱，第一次去商店挑选自己喜欢的东西时，他们竟然激动地掉下眼泪。他们很自豪，觉得自己现在才像一个人的样子。

这是一个暖暖的下午，克莱夫让雅克来一趟，说带他去一个地方。

克莱夫带雅克来到的地方，是地球联合军事总署航空航天中心。在巨大的广场地表下面，深深的地下是一个非常大非常大的大厅。

雅克看到了一个巨大的、被严密罩起来的东西。雅克问："这是什么？"

克莱夫笑着说："雅克，你猜，我们得到了什么？"

雅克问："什么？"

罩着的东西慢慢落下了，雅克惊讶地看到，自己的眼前是一艘巨大的飞船。

克莱夫开启了舱门，他带着雅克走了进去。雅克发现，巨大的船舱里，有很多发射台。

克莱夫说："这就是我们新的 XY 型飞船。这艘飞船我们运用了古贝朗人的超高科技，你的那些古贝朗朋友发挥了非常大的作用。经过科学家们精确的设计，它不仅可以快速航行，还可以进行空间的跳跃。"

雅克说："就是说……"雅克惊喜地眨着眼睛。

克莱夫看着他笑了，他说："就是说，将来一旦再发生星际战争，我们可以直接去攻击敌人的大本营，我们不能让我们的星球成为战场。"

雅克几乎要跳起来，他说："太好了，就是说，我们可以远征到古贝朗星，去打击我们的敌人！"

克莱夫说："是的，我们一样拥有了先进的飞船。"

雅克激动极了，他想，如果真的有一天需要为保卫地球而战，他一定会挺身而出的。他觉得自己不但应该为地球人做点什么，也应该为古贝朗星的人们做些什么。他始终忘不了曾帮助过他的菲尔，忘不了曾收留过他们的赖德。

M国为了表彰雅克和史翠珊对地球和平的贡献，奖励给雅克和史翠珊各一套漂亮的房子。这天，雅克正在家里看新闻，突然听见有人在敲窗子，雅克抬头看去，他惊讶地看见敲窗的人竟然是菲尔！

雅克高兴极了，他拉开房门，拥抱着菲尔高兴地说："你怎么来了？又是逃出来的吗？还有谁和你一起来了？"

菲尔说："没有，就我一个人来。我有紧急的情况要告诉你们。"

雅克一愣，问："什么紧急情况？"

菲尔说："古贝朗星和地球可能又要开战了。"

雅克惊讶极了，问："为什么？"

菲尔说："埃加德法老坚持要用地球人作实验，而你们地球并没有送地球人来。"

雅克说："埃加德法老还坚持要用地球人作实验？"

菲尔说："是的。"

雅克说："我们送去了地球人的基因，甚至还送去了关于地球人基因序列研究的报告，埃加德法老为什么还坚持要地球人作实验呢？这个人类的恶魔。"

菲尔说："我们那里的科学家也是反对的，但谁也不可能说服他。"

雅克说："菲尔，我们去找克莱夫，赶紧把情况告诉他。"

在路上，雅克问菲尔："你回去后，他们没惩罚你吗？"

菲尔说："怎么会呢？他们重新给我洗脑，让我变成一个听话的人。"

雅克说："可你现在仍然是个有思想的人呀？"

菲尔说："我已经有了对抗他们的办法，我再也不会成为他们的机器了。"

雅克说："是什么办法？"

菲尔说："你不是告诉我，说一个人只要有坚强的意志，就可以不受任何诱惑吗？"

雅克说："那又怎么样？"

菲尔说："在他们给我洗脑时，我心里想的都是埃加德法老的残暴，想的都是你们的友谊。他们以为我进入了昏迷，可我一直很清醒。"

雅克捶了菲尔一拳，笑着说："好家伙，你真了不起。

怎么样，和我一起生活吧，我已经有了自己的空间。"

菲尔说："如果你欢迎，那就太好了。"

为了不让古贝朗的飞船再度来到地球的上空，地球人准备远征了。

地球联合政府再度找到了雅克和史翠珊，问："雅克、史翠珊，我们就要远征古贝朗星了，可以让你们做向导吗？"

雅克和史翠珊回答："当然可以。为了地球人，我们愿意做任何事。"

菲尔知道了雅克他们要去古贝朗星，拉着他们去找克莱夫。菲尔说："让我也去吧，我可是古贝朗最优秀的驾驶员。"

史莱夫说："如果你想去，当然可以。不过，这可是很危险的。"

菲尔说："和雅克他们在一起，我什么危险都不怕。"事情不但定下来了，菲尔还有了一个重要的角色：太空船的驾驶员。

山德、里恩、德里克他们听到了消息，也去找克莱夫。他们说："保卫地球是你们的责任，推翻埃加德法老的暴政也是我们的责任。批准我们吧，让我们和地球人一起战斗吧。"

他们的要求得到了批准，山德、里恩、德里克他们一起和雅克他们上了飞船，并带上了里恩发明的切克之雷。

雅克的历险

地球人的飞船确实和古贝朗人的飞船一样优秀，雅克他们并没用太长的时间，就来到了古贝朗星的上空。

看着这里没有污染的天空，看着周围数不清的明亮的星星，地球来的人们都觉的古贝朗星的环境，真像个世外桃源。

雅克对担任指挥的科林将军说："科林，我们五个人想悄悄地下去，组织更多的人从地面上配合我们的行动。"

科林想了想，说："好的，雅克，你们自己要小心。"

雅克说："是的。"

就在这时，地球人的飞船突然遭到了地面上的袭击，显然古贝朗人发现了他们。飞船的导弹立即向目标还击，地面冒起了火光。雅克、史翠珊、山德、里恩、德里克他们趁此机会，赶紧乘坐一艘小型飞船飞了出去。山德打开了反雷达装置，所以古贝朗人没有发现这艘小小的飞船，雅克他们安全地到达了地面。他们降落的地点，是古贝朗最大的城市喀伦卡，它是皇宫边上的城市，赖德的家就在这儿。

雅克和史翠珊凭着记忆找到了赖德的家。让他们意想不到的是，赖德已经成了古贝朗反对埃加德法老秘密组织的一员了。

赖德看到他们又惊又喜，拉着雅克的手不知道说什么好。雅克告诉他自己的来意，他立刻带他们去见秘密组织的首领。丹尼已经不在了，现在的首领是迪恩。

迪恩对他们说："我们的工作很有效，已经有很多古贝朗人愿意和我们一起，推翻埃加德法老的残暴统治。大家都希望得到自由，我们需要一个英明的首领，雅克、史翠珊，你们愿意担当这个重任吗？"

雅克心中涌起了莫名的激动，领导古贝朗人去打倒暴君，这可是他从来没想过的。

不断传来的爆炸声，说明现在的战斗很激烈，雅克和史翠珊已经没时间去考虑了，他们立刻开始集结地面的部队。

有了地球人的支持，几乎所有能战斗的古贝朗人都参加了这支队伍。雅克把这些人分成三个纵队，第一纵队由迪恩带领，任务是进攻国王的卫队，冲击皇宫。第二纵队由科学家雅各布带领，任务是关闭皇宫里的自动系统。第三纵队由赖德带领，拦截前来增援的军队。

雅克他们开始行动了，愤怒的人群很快就冲到了皇宫门口。但不知道什么原因，这儿并没有太多的人守卫，大家向皇宫冲去。

但皇宫大门的自动系统已经启动，人们还没来得及冲进去，大门就已经关上了。门外愤怒的人群开始撞击大门，但皇宫的大门实在是太坚固了，人们几乎用尽了所有的力量，也无法冲进去。为了争取时间，雅各布决定带些人乘着小型飞船冲进了皇宫内部。

雅各布他们还没走出船舱，就看见皇宫大门的里面站

满了皇宫的守卫。雅各布他们虽然知道既将面临的是生死的决斗，但他们还是义无反顾地走出了船舱。皇宫里的守卫看见走出舱门的他们，立刻像饿狮一样地围了过来，一场惨烈的厮杀立刻就开始了。

大门外的人们，听到了皇宫里面的厮杀声，都急得不得了，但他们无可奈何，只有等待。时间好漫长啊，就在他们几乎已失去耐心的时候，大门终于被打开了。

愤怒的人群像开了闸的洪水一样，一下子就冲了进去。他们打倒了一切想抵抗的人，很快就冲到了皇宫里面。

埃加德法老的样子依然是令人生畏的，他的周围布满了守卫。

埃加德法老傲慢地看着雅克他们说："你们这些微不足道的人，还想和我对抗？你们以为有了地球人的飞船就可以打倒我，你们不觉得自己太天真了吗？"

雅克说："没有谁是微不足道的，大家都应该是平等的。你剥夺了他们思考的权利，让他们做你的机器，你必然会被人民推翻。"

埃加德法老冷笑了一声说："可怜的地球人，你不觉得自己的结论下得太早了吗？我不但可以让你一瞬间消失，我还可以让你们的飞船一瞬间消失，你信吗？"

雅克一惊，他忽然想起了他的切克能量，他大声说："快向这个暴君开枪！"

刹那间，所有的激光枪都对准了埃加德法老。但激光枪扫射下的埃加德法老，却完好无损。

埃加德法老显然被激怒了，他挥起手臂说："你们去死吧！"

但就在此刻，雅克已经开启了手中的切克之雷。

里恩在旁边大叫："快向他射击，现在他已经没有防卫能力了！"

随着一阵密集的激光扫射，埃加德的衣服破损了，破裂的地方露出了里面的钢铁。

所有的人都惊讶极了，大叫着说："什么，我们的皇帝竟然是一个机器人！"

埃加德法老哈哈大笑，他说："机器人怎么了？难道你们不是一直受我的统治？你们以为可以切断我的切克能量来源？你们以为可以打败我？你们以为你们可以抗拒我的统治？你们大错特错了。我是永远不败的埃加德！"

里恩说："埃加德，你是个暴君，你不配统治这个国家！"

埃加德法老说："难道在我的统治之下，古贝朗的科技没有进步吗？你们的生活不好吗？"

里恩说："我们那是生活吗？我们是你的机器，我们根本就不快乐。"

埃加德法老"哼"了一声说："根本不快乐？你们这群愚蠢的人也需要快乐吗？"

雅克愤然而起，大声地说："你这个暴君，你剥夺了他

们生活的权利，还要拿地球人作实验，我们必须推翻你！"

里恩说："我们再也不会做你的机器了，我们要争取自己的自由！"

埃加德法老的态度突然发生了变化，他对里恩说："拿地球人作实验，我是为你们古贝朗人着想。由于你们是制造出来的，因此，已经失去进化的能力了。如果不改造你们的基因，你们很快就要灭亡了。"

雅克问："埃加德，你是为了这些古贝朗人吗？不要为自己诡辩了，你是想让全宇宙都统治在你的魔掌下。"

埃加德法老说："你有资格和我说话？你大概不知道吧，我的飞船已经和你们的飞船在战斗了，用不了许久，你们地球人就全完了。"

雅克说："不会的！有了古贝朗人的支持，我们一定会胜利。"

埃加德说："可恶的地球人，就是因为你们，我的古贝朗人才成了这个样子。我先消灭你们！然后再消灭所有的人！"说着，对着雅克他们抬起了双臂。

雅克不知道他还有什么威力，忙大叫着："快点撤退！"说着，率先跑了出去。

后面的人有的跑得慢了点，被埃加德法老手里发出的光波击中了。但奇怪的是埃加德法老却没有追出来。

里恩对雅克说："埃加德法老简直是不可战胜的。"

雅克说："怎么办，难道事情就这样结束了？"

里恩说："我们要是能知道他到底有什么能量就好了。"

正说着，赛斯长老来了，里恩对赛斯长老说："你还想追随埃加德法老吗？他是一个机器人。"

赛斯长老说："我也是一个机器人。对于一个像我这样的机器人，追随谁都是一样的。但我确实不喜欢埃加德法老的残暴。"

雅克惊讶极了，没想到赛斯长老也是一个机器人。他说："那么，赛斯长老，你就没有统治别人的野心吗？"

赛斯长老说："没有。大概我的程序里，没有这个设计。"

雅克点了点头，说："是的，埃加德法老不会允许你有这个程序。"他想了想又问："你知道埃加德法老还有什么其他的能量吗？"

赛斯长老说："不知道，这些都是埃加德法老才知道的秘密。"

雅克皱了皱眉头，他想自己必须尽快弄清这个秘密，因为埃加德法老威胁着地球人的安全。

赛斯长老接着说："雅克，你知道你做了什么吗？你开启了不应该开启的东西，你让古贝朗人有了自主的意识，这会在将来对你们形成威胁的。"

雅克说："不会，善良是人的本性。其实，古贝朗人比地球人还单纯，是埃加德法老剥夺他们的权利。埃加德法老和古贝朗人不是一回事。"

赛斯长老说:"埃加德法老没有你说的那么糟,他会帮助你们发展你们的科技的。"

雅克说:"不!他的帮助是用地球人的生命做代价的,这是我们地球人不能允许的!我们不希望被压迫自己的人统治。"

赛斯长老说:"你们觉得被埃加德法老统治,真是那么痛苦的事情吗?你们可以得到科技的飞速发展,而不仅仅是在军事上的,而是各个方面的全面发展。"

雅克说:"我们宁愿不要他的高科技的帮助,也不要做他的奴隶。"

赛斯长老摇摇头说:"地球人的想法真是奇怪,宁愿要那些虚妄的东西,也不贪图实际的利益。"

雅克说:"是这样的,自由对于地球人太重要了。"

赛斯长老问:"你们准备拿埃加德法老怎么办?"

雅克说:"我们要毁灭他,他是专制统治的象征,只有他消失了,古贝朗人才会得到真正的自由。"

赛斯长老说:"你们会对其他的人怎么样?比如是我,也要毁灭吗?"

雅克说:"不反对古贝朗人和地球人的任何人,我们不会拿他们怎样。"

赛斯长老想了想说:"雅克,如果你能保证其他机器人的安全,我可以把埃加德法老的秘密告诉你。"

雅克郑重地说:"我保证。"

赛斯长老说："其实，我也很喜欢你们地球人的生活，我并不赞成埃加德法老对地球人的做法。雅克，如果你们地球人都能像你一样爱你们的地球，地球人的未来还是很美好的。因为像地球那样的地方，宇宙间好像还只有一个。"

雅克说："谢谢你，我想地球人会这样做的。现在你可以告诉我埃加德法老的事了。"

赛斯长老说："埃加德法老已经没有太多的切克能量了，如果你们现在对他进行攻击，将是最好的时机。"

雅克握着赛斯长老的手说："谢谢你，朋友。"说着，他挥起手臂，高声喊着："我们冲进去，消灭埃加德法老，胜利就在前面了！"

后面的人大声呼喊着，跟在雅克的后面，再次向皇宫里冲去。

埃加德法老看着涌进来的人，大声说："你们还想尝尝切克的能量吗？"但他的喊声淹没在人们愤怒的喊声里，淹没在切克之雷的爆炸声里，密集的激光集中到了埃加德法老的身上，瞬息间，埃加德法老的身体在人们的眼前熔化了。他像一摊泥水向四处流去，只有头还在，睁着眼睛看着眼前的人们。

雅克看见埃加德法老的眼睛似乎还在动，他想，他的脑袋里一定藏有宇宙间的好多秘密。他让旁边的人把埃加德法老的脑袋拿走，让他们好好地保存。

　　这时，古贝朗的上空依然传来不断的爆炸声，古贝朗飞船依然在与地球人交战，浑然不知他们的埃加德法老已经消失了。

　　雅克对里恩说："你让雅各布告诉他们投降吧，说埃加德法老已经死了，他们没有必要再为他卖命。"

　　里恩说："好的。"

　　但事情并不像雅克想的那样简单，雅各布把信息发出去了，然而，却没有得到回答。

　　雅克说："好奇怪呀，既然知道了埃加德法老已经死了，为什么还要战斗下去？"

　　里恩说："也许他们不相信埃加德法老会死，他们作为军人的职责只是战斗。"

　　雅克说："这样下去可不行，远征的地球人，武力是有限的，如果战斗持续下去，对地球人是不利的。"

　　史翠珊说："是的，应该想办法立刻停止战斗。"

　　就在这时，雅各布跑来说："事情很不妙，贝特利将军宣布自己是新的法老，他在指挥和地球人的战斗。"

　　史翠珊说："天哪！这可是最糟糕的事了。雅克，现在我们该怎么办？"

　　里恩也说："快想个办法吧，雅克。贝特利将军是个一点都不比埃加德法老慈善的家伙，我们必须想出新的办法，决不能让他得逞。"

　　雅克对雅各布说："我们要切断贝特利和古贝朗战斗飞

船的联系，然后向他们直接下达停止战斗的命令。你可以获得他们的通讯密码吗?"

雅各布说:"获得密码比较困难,大概里恩可以做到。如果要我干扰他们,倒是有希望的。"

雅克说:"那你们赶快去做吧。"

迪恩说:"雅克,我们做什么?"

雅克说:"去摧毁贝特利将军的指挥部。"

迪恩说:"好的。"

随着迪恩的一声令下,所有的人都向贝特利将军的指挥部冲去。途中,又有许多人加入了进来,队伍越来越壮大。

雅克对迪恩说:"我们的目标是贝特利将军,所以,最好不要伤害其他的人。你们不是可以催眠吗? 把守卫催眠了我们就可以冲进去。"

迪恩摇了摇头,说:"并不是所有的人都会催眠。我们这些人里,没有人会催眠。"

雅克无奈地说:"那就只好硬拼了。"

迪恩的队伍很快就和贝特利将军的卫队交上了火,这是一场更加惨烈的战斗,迪恩率领的队伍虽然人数众多,但贝特利将军所指挥的卫队的武器,却要比迪恩的队伍的武器要精良。双方都拼死进行战斗,伤亡都很惨重。但迪恩的部队不断地往前涌,而贝特利的部队却无法补充。随着时间的推移,贝特利将军的防线开始一分一分地向后退

 雅克的历险

缩，而迪恩的队伍却在一分一分地向前推进。

经过一场恶战，迪恩的队伍终于冲进了指挥所。打了败仗的贝特利将军，再也不是蛮横和趾高气扬的了，他向雅克他们求饶，求雅克他们宽恕他。贝特利很快就被带走了，里恩用自己刚刚破译的密码系统，向古贝朗的战斗飞船发出停战指令。

战争终于结束了，古贝朗的人们都进入了狂欢之中。

十四、死里逃生的探险者

欢腾的人们终于静了下来，所有人的意见几乎是一致的，推举雅克担任他们联盟的主席。

雅克很为难，他不知自己该怎样作出决定。虽然他支持古贝朗人民的行动，而且也参与其中，但他并不想留在古贝朗星，因为在地球，他有太多的牵挂。可他在热情的古贝朗人面前，又不好拒绝他们，尤其是里恩他们。

史翠珊说："你就答应他们吧，新秩序的产生是需要时间的。等他们选举了自己新的首领的时候，你可以按自己的意愿决定是留在这里，还是回地球。"

雅克说："你可以暂时留下来帮我吗？"

史翠珊说："当然可以。我们一同经历了那么多的艰险，已经成了最好的朋友。如果你需要，我随时都愿意帮助你。"

雅克高兴了，他说："你能留下来帮我，我就有了勇

雅克的历险

气。"

雅克对大家说："我同意留下来。等你们选举出自己的首领之后，我们再回地球。"

古贝朗人并不在意他说了什么，在古贝朗人的心中，雅克答应留下来，就已经实现了他们的愿望。他们在迪恩的带领下大声呼喊："雅克！雅克！"

雅克示意大家静下来，他说："尽管我们没有翅膀，但我们地球人的愿望和古贝朗人是一样的，我们的目标是和平和快乐。我们要把地球和古贝朗星建成我们美好的家园！"

古贝朗人听了都很开心，又高声呼喊着："雅克！雅克！"

雅克组成了联盟的领导班子，很多表现出色的人被纳入其中，里恩、雅各布、迪恩、赖德他们都是这个团队的核心人物。

雅克和史翠珊在原来埃加德的皇宫住了下来，现在，这里已经成了古贝朗星联盟所在地。

史翠珊对雅克说："以前菲尔为我们模拟了地球的环境，所以并没有什么不适的感觉。现在让我像古贝朗人一样不睡觉，或是工作 36 个小时，再睡上 36 个小时，我还真是不太习惯呢。"

雅克笑了，说："古贝朗人因为从来就没有休息，现在他们虽然有了休息时间，但让他们都用来睡眠，大概一下子他们也不习惯呢。"

史翠珊说："那就想办法创造一个适合睡眠的环境和时间。就比如里恩他们因为地球有黑夜，很快就知道了睡眠的重要。"

雅克说："你说的有道理，以前埃加德法老为了让他们成为机器一样的人，在他们的食物里添加了麻木神经的东西。现在这样的东西不用了，如果大家不养成睡眠的习惯，对身体是有害的。我马上就召集联盟的全体人员开会，让大家知道睡眠的重要性，动员人们为自己创造睡眠的环境。"

史翠珊说："我还没说完呢，等我说完你再行动。"

雅克说："你还有什么好主意？"

史翠珊说："既然古贝朗星都是白昼，那一天的时间长短就应该因人而宜。原来他们的一天是地球的 73.24 小时，这肯定是不适合的。我们为什么不把他们的一天时间变成三天呢？如果这样，就不会有休息 36 小时的不适了。"

雅克说："你的提议好极了，我想肯定会被古贝朗人接受的。"

事情和他们想象的一样，当雅克提出这个问题时，里恩不但首先举手赞成，还说了这样做的许多好处。迪恩他们知道里恩去过地球，见他说了这么多的好处，都觉得那肯定是好的，于是不但全体通过，还都说要去动员大家创造一个睡眠的环境。

有了里恩和迪恩、赖德他们的支持，又有了史翠珊的帮助，雅克的工作开展得很顺利。古贝朗星秩序井然，人心所向。

地球人的飞船离开了。菲尔把自己驾驶员的工作交给了地球人，他又回到了雅克和史翠珊的身边。雅克和史翠珊很惊喜他的到来。

菲尔说："如果你们什么时候想回地球了，我就把你们送回去，以后就再也不回来了。"

雅克和史翠珊感动地说："有了你这句话，我们就什么都不担心了。"

这天，雅克召集了联盟的所有成员，大家围在一起读埃加德大脑里存储的东西。发现是惊人的，古贝朗人找到了关于自己的秘密：原来，长翅膀的古贝朗人的祖先，是没有翅膀的，他们生活在被称作德兹的星球上，这是个科技高度发达的富裕的地方。德兹星的人有一个梦想，就是让将来的人类，能在没有机械帮助的情况下，也能在天空中翱翔。他们发誓要制造出这种新人类来。经过了一代又一代人的努力，德兹人终于通过改造人类的基因，培育出长着翅膀的新人类：他们叫他们古贝朗。这些新人类不但有翅膀，更重要的是，他们有着更优秀的头脑。很快，没长翅膀的德兹星首脑们，就发现他们快要无法驾驭这个新人类了，尽管古贝朗人自己还没有意识到这点。为了解除这些新人类对自己的威胁，他们把古贝朗人全部集中到一起，送到了一个遥远的星球，按这些古贝朗人的叫法，称它做古贝朗星。为了让新人类不至于捣乱并且回到他们居住的星球，首脑们用几个性能超群的机器人来辅佐古贝朗人的首脑，另一方面，也是为了监视他们。为了控制这些聪明的新人类，性能超群的机器人，洗掉了古贝朗人脑子里所有不安定的因素。新人类很快就适应了古贝朗星的环境，他们工作努力，从不休息，古贝朗星很快就有了自己的繁华。

埃加德大脑里残存的东西到此停住了，雅各布他们议论纷纷，都说，这里缺了一个重要环节，古贝朗人既然是通过改造人类基因的产物，那他就该有自己的成长过程，可我们这里为什么看不到孩子？如果制造出来的我们一开始就这么大，那我们就不能称为新人类，而应该叫机器人了。可我们这些古贝朗人都出生在哪里呢？

迪恩说："雅各布，你不是研究电脑的专家吗？你再找找，没准还会发现什么的。"

雅各布又在埃加德的脑袋上摆弄了好一会，突然，屏幕上面又出现了断断续续的文字：……摧毁……古贝……定时……不能留……地球……

屋子里的人着急地说："这都是什么意思，他要摧毁什么？"

赖德忙大声地说："别说话，大家往下看。"但屏幕上一片空白，再也没有任何的东西出现了。

里恩皱着眉头说："他要摧毁什么？要定时什么东西？"

赖德说："像谜一样的语言，谁知道他说的是什么。"

雅克看着埃加德的脑袋说："是啊，谜底让他永远带走了。"

里恩说："雅克，快想想办法帮我们找到我们的来源，否则有一天古贝朗星就会成了没有人烟的地方。"

雅克忽然想起了什么，他说："埃加德曾带我去过一个地方，那儿有个叫弗特的人，是个研究 DNA 的专家，他一定会知道这个秘密。"

雅各布说："你是说科学实验室吗？我知道这个地方。"

里恩说："那我们还等什么，赶快去揭开我们的秘密呀。"

雅克他们立刻上了飞船，向雅各布指引的地方飞去。但令他们惊异的是，所有的实验室已经成为废墟，他们想寻找的秘密，在这里是寻找不到了。此时他们才明白埃加德大脑里的话，他已经下了定时指令，摧毁了这个地方。

又一天过去了。这天，雅克正在看书，史翠珊从外面走了进来，她说："雅克，你知道里恩他们准备做什么吗？"

雅克问："准备做什么？"

史翠珊说："他们准备寻找自己的祖先，他们要去寻找德兹星球。"

雅克一愣，说："可他们并不知道德兹星球在什么地方。如果漫无边际地去寻找，会很危险的。"

史翠珊说："是的，我也是这样劝他们。但他们说，连自己祖先都不知道的人，是最可怜的。他们宁可丢掉性命，也要去做这件事。"

雅克说："这虽然是冒险的事，不过却很刺激，我也想和他们一起去。既然他们的祖先是和我们地球人相似的人，没准我们会找到我们的同胞呢。"

史翠珊说："你就不怀疑我们也有可能是被制造出来的?"

雅克说："一切结论都应该有证据，我们都有自己的父母，我为什么要怀疑。"

史翠珊说："好吧，如果你去，我也去。"

雅克笑了说："我猜到你一定会这样说。"

史翠珊说："雅克，你说德兹星会在什么地方呢?"

雅克说："这就不好说了。他们既然不想让古贝朗人找到他们，那肯定是个遥远的、很难寻找的地方。"

但古贝朗人还是寻找到了答案。里恩他们在极地探险时，在荒漠中，找到了一艘外星飞船。这艘飞船上面的推进器虽然经过风吹日晒，但却完好无损。里恩他们发现这艘飞船是采用反作用力为原理推进飞船的运行的，这显然与古贝朗采用空间跳跃方式移动的飞船是不相同的。里恩他们推断，他们的祖先大概就是乘坐这艘飞船来古贝朗的。

令他们惊奇的是，他们竟然在飞船的星图上找到了德兹星球的大概位置，那是位于地球人远远还未发现的特克

星群的位置。里恩他们兴奋极了，立刻把消息告诉了雅克。

古贝朗联盟议会决定，派三艘飞船出发去寻找德兹星球。考虑到此行的危险性，雅克坚决不让迪恩和里恩他们去。迪恩和里恩执意要去，他们说："雅克，我们是古贝朗人，寻找我们的祖先是我们的责任，我们不能让你这个地球人替我们冒险。"

雅克说："正因为我是地球人，我才可以冒这个险。如果真的遇到危险，总不能让联盟全军覆没吧！为了古贝朗星的未来，我以首领的身份命令你们，你们必须留下。"

探险的飞船起航了。雅克指挥其中的一艘船，菲尔和史翠珊也都在这艘船上。雅克原来是不同意菲尔来的，但菲尔说，既然是冒险，大家就应该一起去。雅克说不过他，就让他做了这艘船的驾驶员。另外两艘船的指挥分别是容纳和罗斯。为了安全，三艘船拉开了一定的距离。

看着舷窗外静寂的宇宙，雅克心里不能平静：地球人也一直在探寻自己的来源，如果此行能找到答案该有多好。

尽管星图已经给出了大概的位置，但在茫茫宇宙中，想发现德兹星并不容易。特克星群的群星密集得很，就像一个大分子团。在像河边沙子一样的群星中寻找一颗行星，真是很困难，他们只能一个一个的星球去寻找。雅各布他们发出了无数条的信息，但始终不见回音。

日子一天一天过去了，尽管雅克他们不气馁，但德兹星球还是没有找到。

这天，雅克正在研究星图，忽然看到屏幕远方涌来了大量的碎石。虽然在屏幕上看起来很小，但那些碎石实际上是很巨大的，最小的都有数十立方米大小。其中任何一颗碎石撞上飞船，都可以造成船毁人亡的事故。

雅克向后面的两艘船发布命令："前面有流星群！赶快避开。"

但意外还是发生了。

"雅克，我们的发动机失灵了！"菲尔突然大叫起来。

雅克说："启动备用发动机。"

菲尔说："已经启动了，但没效果。"

雅克说："飞船不是有自动修复功能吗？"

菲尔说："但时间来不及了。"

雅克说："菲尔，丢掉飞船，我们坐救生舱逃出去。"

菲尔说："好的，你们先走，我马上就来。"

就在雅克和史翠珊跑进救生舱的时候，菲尔按下了救生舱的自动定时发射按钮。他以冲刺的速度跑进救生舱，并立即关上救生舱的舱门。几秒钟之后，救生舱被弹出了飞船。几乎就在同时，雅克他们感到了救生舱的剧烈震动，他们向后看去，舷窗里一片火光，他们知道自己的飞船爆炸了。

雅克他们庆幸着自己死里逃生，救生舱开始了在漫无边际的太空中的游荡。菲尔向其他的两艘船发出求救信号，但他们没有收到任何的回答。

　　雅克很奇怪，他想：其他两艘飞船为什么不来救自己呢，难道他们也遇到了危险？

　　史翠珊问菲尔说："你说，我们会死吗？"

　　菲尔说："如果没有人来救我们，我想会的。我们最终会变成太空垃圾。"

　　雅克问史翠珊说："你怕吗？"

　　史翠珊看着雅克和菲尔，摇摇头说："和你们在一起，我不怕。"说着，打了个哈欠。

　　菲尔说："你们睡一会儿吧，我负责观察。"

　　雅克说："不用观察了，救生舱想把我们带到哪里，就带到哪里吧。"

　　菲尔想想雅克说的确实有道理，既然观察没什么用处就一起睡吧。三个年轻人挤在一起，一会儿就进入了梦乡。

　　谁也不知过了有多久，一阵"嘟嘟"的叫声唤醒了菲尔，是自动搜索器发出了声音。

　　菲尔爬起来从舷窗向外看，他突然惊叫起来："雅克，快起来看！我们有救了！"

　　雅克和史翠珊一下子睁开眼睛，他们看到了舷窗外的一个巨大的蓝色的星球。可他们还来不及看清这个星球的全貌，救生舱就进入了黑障时期。虽然古贝朗的救生舱用的是古贝朗星最先进的高效合成材料，但不知道什么原因，由于救生舱和大气的剧烈摩擦，救生舱里的温度还是开始上升了。雅克他们相互拉着手，暗暗地鼓励着。

　　救生舱终于冲出大气层，猛烈地撞到地面上，在地面上重重地弹跳着。救生舱虽然有减震的功能，但雅克他们还是觉察到了是那么的不舒服。救生舱终于停了下来，雅克他们打开舱门，从救生舱里爬出来。外面的空气新鲜极了，他们大口大口地深深地呼吸着，激动地四下里看。他们发现这是一座城市的边缘，远处有很多的楼房。

　　可就在他们激动的心情还没平静下来的时候，忽然从远处传来一阵由于物体高速运动，而撕裂空气的声音。他们不约而同地扭头看去，只见许多小黑点向这边飞驰而来。

　　雅克看到不远处有块大石头，他拉着史翠珊和菲尔说："我们快躲到那个大石头后面去。"

　　声音越来越近了，三个人偷偷探出脑袋去看，他们惊呆了，飞驰而来的是许多小型的飘浮在空中的汽车，速度相当快。好奇怪，是反重力车吗？眨眼的工夫，这些汽车就到了他们跟前，大家忙把脑袋缩回去。但这些汽车可不是一闪而过，他们就停在离雅克他们不远的地方。雅克他们忙屏住呼吸，唯恐发出什么动静。

　　这些人从车上下来，看着远处的救生舱说："舱门已经打开了，看来里面的人还活着。根据下降的时间看，他不会走得太远，我们马上就会找到他们。"

　　他们的话雅克他们一点也不陌生，因为他们使用的是古贝朗语。雅克和史翠珊知道藏是藏不住的，就互相看了看，干脆走出来。雅克说："不用找了，我们就是救生舱上

雅克的历险

下来的人。"

猛然间听到他们讲话，那些来的人倒吃惊了，他们用奇怪的眼神打量着雅克他们，不约而同地往后躲闪着，唯恐对自己有什么伤害。

雅克说："我们不会伤害你们，我们手里没武器。"

那些人互相看了看，其中的一个人壮着胆子说："你们从哪里来，为什么降落在我们的星球？这个奇怪的长着翅膀的是什么人？"

雅克说："长着翅膀的是古贝朗人，他的祖先是德兹星球的人。我们从遥远的古贝朗星来，是要寻找一个叫德兹的星球。"

旁边的人说："杰森，他们是来找我们的星球的。"

雅克问："这儿就是德兹星球吗？"

杰森说："是的，有什么奇怪吗？"

雅克他们不相信自己真的找到了德兹星球，这可是梦寐以求的事啊。

菲尔激动地说："我终于看到我的祖先生活过的地方了！"

杰森用奇怪的眼神看着菲尔说："你的祖先？我们这里并没有长着翅膀的人。"

雅克说："对，他的祖先确实是德兹星球的人。长翅膀的人都被送到古贝朗星，你们这里自然就没有了。还有，你们想否认也否认不了的是，你们操着同样的语言。"

听了雅克的话，那些来的人交头接耳地说："还有这样的事？我们怎么就从来不知道？"

雅克说："那是你们的政府隐瞒了这件事。"

杰森看着雅克说："既然长翅膀的人都被送到古贝朗星，你没翅膀为什么也被送走了？"

雅克指了指史翠珊说："我和她是地球人。我们那里的人都没翅膀。"

杰森说："地球？那是个什么地方？"

雅克说："是银河星系的一个星球，是个和你们一样的生活着很多人的大的星球。"

那些人又是一惊，瞪大眼睛看了一眼远处的救生舱说："另一个星系？你们总不会就是乘着那个家伙来的吧？"

雅克说："怎么会呢。我们的太空飞船遭遇了流星雨，偏偏发动机又出了故障。我们是坐着救生舱逃出来的。"

杰森说："既然你们和这个长着翅膀的人不在一个星球，你们怎么又会在一起呢？这不是太奇怪了吗？"

雅克说："这可是一个长长的故事，几句话是说不明白的。"

就在这时，杰森的身上发出叮叮咚咚的声音，他摸出一个纽扣大小的东西放在耳边，走到旁边，边听边点头，还说着什么。

杰森把那个东西放到口袋里，对雅克他们说："我们走吧，有人要见你们。"

雅克的历险

杰森把雅克他们带到了自己工作的地方，比隆航天中心发动机实验室。

从大门进去，雅克他们发现里面很大，有很多座建筑。但就风格来看，和古贝朗星就差多了，古贝朗星的建筑不但有特色，并且金碧辉煌。

他们走到一座建筑物前，雅克看到门外的牌子上写着：瞬变粒子场研究室。

雅克问杰森说："你们就在这里工作吗？"

杰森说："是的，我就在这里工作，希望你们在这里能感到愉快。"

在一个房间的门口，杰森说："里面是政府派来调查的人，有什么事你们就对他们说吧。"

雅克他们进了屋子，发现里面坐了好几个人，其中的一个人示意让他们坐下。

坐在正中的人说："听说你们是从地球来的？地球是什么地方？我们为什么从来就不知道？"

雅克说："那是在另一个遥远的银河系。我们地球人从一千多年前，就开始用多种语言发出各种信息，希望找到和我们一样的人类。但从来就没接收过任何的信息。所以你们从来就不知道有地球，一点也不奇怪。"

那个人说："可你讲我们的语言，难道这不奇怪吗？"

雅克说："我们就是因为有和你同样的疑问，所以才来寻找你们。"

那个人指着菲尔说："可这个长翅膀的人你们又是怎样认识的，你们不是说他是古贝朗星的人吗？"

菲尔说："如果您问这个问题，还是由我回答吧。古贝朗星所处的格鲁星系和地球所在的银河星系距离相当的遥远，但我们古贝朗星接到了地球人发来的信息。我们的法老被地球所吸引，为了达到他征服宇宙的目的，他准备占领地球。他派我到地球去刺探情况，没想到因为穿梭艇出了故障，我被地球人捉去了。是雅克救了我，为此，我们结识了史翠珊。我们共同经历了很多最危险的时刻，现在我们是最好的朋友。"

那个人说："你是说朋友吗？"

菲尔说："是的。他们不但是我的朋友，也是我们古贝朗人的朋友。是他们让我们长着翅膀的人有了自己的自由。"

那个人说："难道你们没有自由吗？"

菲尔说："是的，我们从德兹星被送到古贝朗星时起，就没了自由。残暴的机器人法老埃加德给我们长翅膀的人洗了脑，我们变成了无任何欲望的听话的机器。古贝朗星没有孩子，我们也没有父母，我们从不休息，脑子里只有工作。"

那个人说："这已经不知道是多少年前的事了，你们不可能就是被送走的人，你们又是怎样延续下来的呢？"

菲尔说："我们是基因培育的产物。"

　　那个人说："这真是不该发生的事。当时研究基因变异的人如果还活着，他们一定会后悔的。但这些都过去了，是无法挽回的。"

　　菲尔说："我们只想看看自己祖先住过的地方，想找到可以让古贝朗星长翅膀的人延续下去的办法。"大概是他的话太沉重了，屋子里一时竟寂静得仿佛空气都凝固了。

　　大概是菲尔和雅克的话起了作用，他们得到了很好的待遇。杰森说，他们得到了政府方面的通知，说雅克他们可以去任何地方。还说雅克他们想住多久就住多久。

十五、尾声·新的朋友

　　杰森和雅克他们很快就成了好朋友，他带着雅克他们几乎转遍了德兹星。杰森还请他们到自己花园一样的家里作客，雅克他们由此结识了杰森可爱的女儿维姬。维姬对这几个外星来的人别提有多喜欢，她经常让爸爸带她来找他们。她喜欢让菲尔背着她在天上飞，喜欢让雅克带她做游戏，她更喜欢听史翠珊给她讲地球上奇妙的童话。维姬给雅克他们的生活增添了说不完的快乐。

　　这天，雅克他们刚刚吃过早饭，杰森就来了。他说："你们不是想知道自己和德兹星人到底是不是同源吗？为了解答你们的问题，政府派我带你们去见生物学家乌雷德，大概他会解开这个秘密的。"

　　杰森带他们来到一个看起来并不起眼的建筑，但当他们走进去后，才发现里面宽敞开阔，摆满了各种先进的实验设备。在一个摆满器皿的实验室里，他们见到了生物学

家乌雷德。

乌雷德见到他们很高兴，他热情地握着雅克他们的手说："欢迎你们，外星人朋友。"

乌雷德又惭愧地对菲尔说："我替我先辈的同行们，向你们表示道歉，是他们做了不该做的事，由此给你们带来了痛苦。"

菲尔说："事情已经过去了，这又不是你的错。我们只希望宇宙间的人类，再也不要犯同样的错误了。"

乌雷德说："我们已经销毁了有关的所有基因，以后也绝不会再做这样的研究了。"

乌雷德一边带着他们参观自己的实验室，一边说："我已经知道了你们的想法，但要解开秘密，还需要你们的配合。"

史翠珊说："您需要我们做什么？"

乌雷德说："我需要提取你们的基因，测验你们的基因序列，从而发现我们的相同处。"

史翠珊和雅克同声回答："我们愿意。"

乌雷德说："那我们现在就开始吧。"

菲尔看着穿着白大褂的实验人员要带雅克他们走，突然紧张起来。他拉着雅克和史翠珊的手说："现在就开始吗？不会对你们造成什么伤害吧？"

乌雷德安慰他说："不会的，你只要耐心等着他们就可以了。"

　　雅克他们被带进了一间很大的房子里，房子内有两台大型检测仪器。乌雷德笑着对雅克和史翠珊介绍说："这是我们测验基因序列、潜意识、身体组织结构的仪器。你们放心，不会有什么不舒服的感觉。不过，要先从你们的手指上采集点你们的血液，这倒会有点疼痛。"

　　说着，过来两个他的助手，分别从雅克和史翠珊的手指上，采取了鲜血。

　　雅克问："还需要我们的什么东西？"

　　乌雷德说："不需要了，剩下的工作都由仪器来完成。请你们躺到台子上去吧。"

　　雅克和史翠珊分别躺到了两个检测仪器的台子上。台子的设计很适合人体的各个部位，雅克他们没感到有一点的不舒服。房子里一时静了下来，乌雷德和他的助手们，全神贯注地看着仪器打出的各类数据。

　　此时的雅克和史翠珊心里却不平静，他们不知道自己会得到什么答案。但不管有什么样的答案他们都不后悔，因为他们为寻找答案，已经尽了自己最大的努力。

　　并没用太长的时间，所有相关的数据就都出来了。

　　雅克迫不及待地问："乌雷德先生，您找到我们基因相似的序列了吗？"

　　乌雷德说："我们不是找到了相似的基因序列，而是找到了相同的基因序列。"

　　史翠珊高兴地说："那就是说我们是同源的了。"

乌雷德摇摇头说："我不能肯定，我只能说我们有同源的可能性。科学研究是件严肃的事，想要有结论，必须要有充分的依据。可我们相隔那么遥远的两个星球上的人，怎么会是同源的呢？"

雅克说："可如果不是同源，我们的基因序列怎么又会相同呢？"

乌雷德说："这确实是个问题。但要解开这个秘密，需要很长的时间。宇宙间的秘密太多了，有些秘密，也许永远都解不开。"

雅克说："谢谢你，尽管没有确切的答案，但知道在遥远的星球上，还有许多和我们有相同基因的人类，我想我们地球人一定会激动不已的。因为在浩瀚的宇宙间，我们地球人并不孤单。至于解开这个秘密嘛，我想还是有希望的，只要我们宇宙间的人类一代一代地不断努力下去，肯定会找到答案的。"

从乌雷德的实验室回来后，三个年轻人仍然很兴奋，他们躺在宽阔的草坪上，继续就今天的检测结果发表着自己的看法。

雅克说："有没有这样的可能，在数百万年前，我们人类的科技就很发达了，但人类居住的星球后来发生了爆炸，藏有人类基因的器皿，被太空飞船事先带上了太空。宇宙是个寒冷的天然冰箱，他们就这样被保存了下来。因为偶然的机会，他们被带到了不同的星球，从此开始了不同的生长历程。"

菲尔说："如果事情真是这样，那在宇宙间一定还有别的人类。"

雅克说："是的，宇宙间的秘密是永远也揭不完的，谁知道将来的人类都会发现什么。"

大家正议论着，史翠珊忽然指着遥远的天空说："快看，那是什么？"

雅克眨了眨眼睛，惊喜地说："是两艘飞船，不会是来找我们的吧？"

菲尔说："会的，会的，当然会的。"

飞船越来越近，很快就飞到了他们的头顶，是古贝朗的飞船！雅克高兴极了，大声叫喊着："容纳！罗斯！是我，雅克！还有史翠珊和菲尔！"

史翠珊摇摇头，对雅克说："雅克，他们听不见的。"

雅克说："会听得见的。"

这时，忽然从德兹星球的地面飞出了几枚导弹，一直向空中的飞船射去。上空传来了巨大的空气的震动的声音。由于距离太远，他们不知道上面的飞船怎样了。

菲尔可急坏了，他说："怎么会这样，他们不会被击中吧？"

雅克没有回答，他掏出杰森送给他们的纽扣大小的手机，大声叫着："杰森，快告诉你们的人别开炮！他们是古贝朗的飞船，是来寻找我们的！"

雅克的历险

在电话那边的杰森说："别担心，我们的炮火只是警告他们，不过，马上就会停止。"

杰森的话没错，再也没有导弹飞上去了，可古贝朗的飞船却飞走了。

史翠珊失望地看着天空说："怎么办？难道我们就永远地留下来吗？"

雅克说："怎么会？既然知道他们平安无事，我们立刻和他们联系。"

有了德兹人先进的科技，雅克他们很快就和容纳他们取得了联系，容纳驾驶着小型飞船来接他们。

大家一见面，激动得不得了，容纳说："看到你们的飞船出了事，我们还以为再也看不到你们了。"

雅克说："是救生舱救了我们，是它把我们带到了这里。你们知道吗？这里就是我们寻找的德兹星球。"

容纳说："我们断定也是这样的。飞船出事后，我们很着急，就到处找你们，根据救生舱发出的信号，我们找到了这个星球，我们判断这可能就是德兹星球。当我们遇上导弹袭击时，我们基本就确认了自己的判断。于是，我们决定与德兹星球进行联系。但是我们发射了各种信号，始终和他们联系不上。恰巧在这时，我们接到了你们发来的信息。"

知道雅克他们要离开了，维姬伤心得不得了。她说："我还能见到你们吗？"

　　雅克和史翠珊都说："当然能。等你长大了，可以坐着你们的飞船到地球去看我们。我们一定把地球上最好的礼物送给你。"

　　维姬说："我不要什么礼物，我只想听史翠珊阿姨讲故事。"

　　史翠珊抹着她脸上的泪水说："好吧，等你到地球来的时候，我就整晚整晚地给你讲故事。"

　　维姬点点头说："那我将来一定要做个宇航员，到地球去看你们。不过史翠珊阿姨，你一定要记住今天的话，可别忘了给我讲故事。"

　　史翠珊说："好，我们一言为定。"

　　雅克他们飞走了，他们带走了德兹人的友谊，也给德兹人留下了宇宙间还有其他人类的信息。

　　人类在宇宙间的合作探索就要开始了，尽管这里还有很长的路要走。但只要宇宙间的人类友好地相处下去，宇宙就将有永久的和平，人类就会有永远的幸福。

图书在版编目（CIP）数据

雅克的历险/铂淳著．－北京：作家出版社，2005.9
ISBN 7 – 5063 – 3367 – 8

Ⅰ．雅… Ⅱ．铂… Ⅲ．科学幻想小说－中国－当代
Ⅳ．I247.5

中国版本图书馆 CIP 数据核字（2005）第 080810 号

雅克的历险

作者：铂　淳
责任编辑：王为建
装帧设计：汉风经典
出版发行：作家出版社
社址：北京农展馆南里 10 号　　　邮码：100026
电话传真：86 – 10 – 65930756（出版发行部）
　　　　　86 – 10 – 65004079（总编室）
　　　　　86 – 10 – 65389299（邮购部）
E – mail：wrtspub@public.bta.net.cn
http://www.zuojiachubanshe.com
印刷：北京乾沣印刷有限公司
开本：880×1230　1/32
字数：140 千
印张：7　　　　　　　　　插页：3
印数：001 – 10000
版次：2005 年 10 月第 1 版
印次：2005 年 10 月第 1 次印刷
ISBN 7 – 5063 – 3367 – 8
定价：15.00 元